Zwischen den Welten, neben der Zeit ...

Die Luft schmeckt wie Sommerwind kurz vor dem Abend, und sie funkelt vor Leichtigkeit, wenn die Sterne aufgehen.

Ich hab Zeit zu atmen.

Endlich habe ich das, denn nach sechs langen Wochen ist die Flucht vorbei. Ich fühle mich sicher. Mörder, Killer oder Hexen sind an diesem Ort nicht erwünscht. Sie könnten hier nicht überleben.

Das ist ein heiliger Ort.

Heilig für mich. Zumindest glaube ich das, und es herrscht kurzfristig Frieden.

Ich sitz auf dem Dach des uralten Cottages, das Dach ist aus Stroh, und schau auf das Meer aus goldgesprenkelten Wiesen. Sonnenröschen zittern im Wind. Sie zittern mit ihren goldgelben Blüten, und die steigen als Perlmutterfalter-Schmetterlingsschwärme in den blauen Himmel empor: sonnenbeschienen.

Wie Tinkerbells Sternenstaub, denke ich, und ich denke an die Sommersprossen in Sallys Gesicht.

Ich denke an die Frau, die ich liebe.

Dann spann ich das Blatt in meine alte Olympus, die Reiseschreibmaschine, die schon meinem Vater gehört hat, und beginne zu tippen:

Mein Name ist Michael Klondeik. Heute ist der 9. Juni 1993, und ich bin in der Nähe von Doolin, an der Westküste Irlands, am Rand der Burren, des steinernen Meers. Das wird das zweite Tagebuch über meine Reise nach Westen, die ich am 23.4. dieses Jahres begann und die ich nur unternehme, weil ich die Welt retten will - und muß.

UND MUß

Ja: muß. Das stimmt.
(So wie Frodo in „Herr der Ringe" Saurons Ring tragen mußte: ob er es wollte oder nicht.)

Doch mein Ring ist eine Geschichte, und anstatt sie zu zerstören, muß ich sie finden, aufschreiben, erzählen, ich muß sie bewahren. Ich muß alles tun, damit sie nicht in Vergessenheit fällt, denn diese Geschichte rettet die Welt:

die Geschichte von Galahad, dem uralten Recken, dem Tafelmann,

und

die Geschichte von mir.

BITTE GLAUBEN SIE

Bitte glauben Sie mir.

MIR

Denn unsere Geschichten gehören zusammen. Sie passieren gleichzeitig und in Wirklichkeit, nur in verschiedenen Welten, und sie beeinflussen sich. Das kann ich beweisen:

Erinnern Sie sich? Ich wurde von einer Stimme geweckt. Das war letztes Silvester, und vier Monate später, am 23.4., erinnerte sich Galahad an einen uralten Traum: den Traum vom Einhorn.

Ja, und Galahads Traum und meine Stimme sagten dasselbe:

FIND es HERaus!!

Finde heraus, warum deine Welt untergeht. Find es heraus und tu alles, um es zu verhindern!

Aber das war gar nicht so leicht. Man lachte mich aus. Man nahm mir meinen Führerschein weg, und während man mich für verrückt hielt, für verrückt und gefährlich, nahm man meinem Lieblingsheld, dem Ritter, Waffen und Kleider, nähte ihn in ein Narrenkostüm, erklärte ihn für vogelfrei, fesselte ihn mit dem Kopf nach hinten auf seinen Rappen und schickte ihn in die Wüste nach Wildernacht.

So brachen wir auf.
Kopflos, bei Nacht und absolut pleite verließ ich Berlin, um nach Irland im Westen zu reisen, und im Land im Westen in der anderen Welt trabte Galahad, der Narr, aus der Burg seines Bruders Mordred, dem Hause der Tafelritter, in den sicheren Tod.
Doch Galahad wurde gerettet:
von der kleinen Ko-Kahla-Bold, dem häßlichen Schlawinermädchen mit den schmeißfliegengrünen Augen.

Und ich wäre nicht hier, wenn es nicht die Truckerfrau gäbe: die Aborigine-Oma. Sie brachte mich nach Dünkirchen, nahm mich mit in ihr Haus und schenkte mir das Geld für die Reise nach England, um London herum, bis nach Dublin, wo ich von Fieber geschüttelt in einer Jugendherberge zusammenbrach. Genauso wie Nachtwind, Galahads Rappe. Noch im Sterben wurde das Tier vom heißen Wüstenwind mumifiziert. Das Wasser verdunstete in den geschlossenen Schläuchen. Ko-Kahla verlor vor Durst den Verstand, und allein Galahads Blut hielt das Mädchen am Leben. Der Tafelmann beschützte sie vor den Reps und den Sekten.

Er rettete sie vor dem Tod durch den Giftstachel eines Rochenwarans, aber nur einen halben Tag später glitt ihm die kleine Ko-Kahla, wie Sand durch die Finger rinnt, aus den kraftlosen Armen.

Galahad ließ sie liegen. Er zog sein Schwert, Drachentod, die Schwester Excaliburs. Er schnitt sich die Handballen auf. Er saugte den letzten Rest Blut aus seinem Körper heraus und ging Richtung Osten, um Hilfe zu holen. Doch dann .... stürzte der Alte. Er schlug mit dem Kopf auf der Felsplatte auf, die sich an dieser Stelle bis zum Horizont spannt und die das Dach von Drachenherz ist, der Halle der Bauchaufschlitzer, der Kurzen.

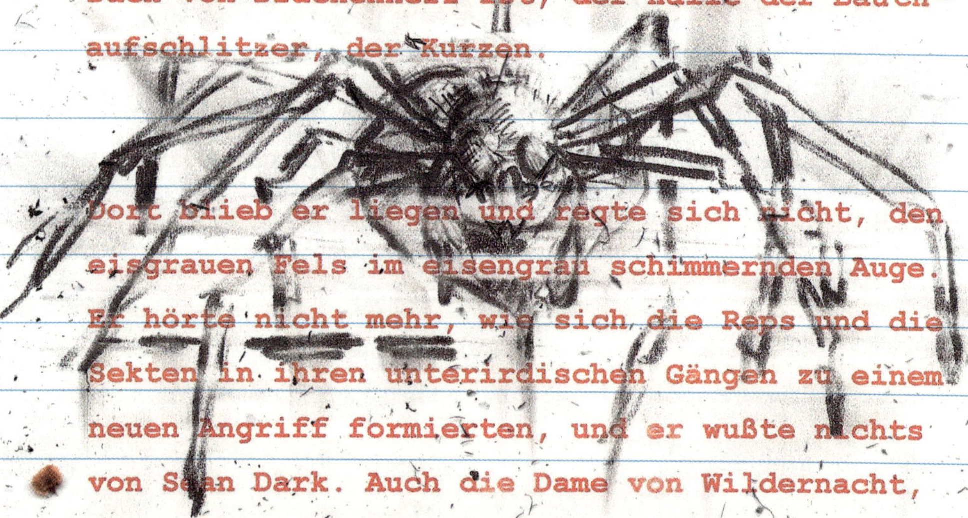

Dort blieb er liegen und regte sich nicht, den eisgrauen Fels im eisengrau schimmernden Auge. Er hörte nicht mehr, wie sich die Reps und die Sekten in ihren unterirdischen Gängen zu einem neuen Angriff formierten, und er wußte nichts von Sean Dark. Auch die Dame von Wildernacht, die Herrin der Wüste, hatte seine Witterung aufgenommen und wollte ihn töten. Der Tafelmann und das Schlawinermädchen waren verloren.

Und der einzige, der sie noch retten konnte,
war ich:
indem ich ihre Geschichte ertrug und erlitt
und indem ich sie weitererzählte.

Und ich wurde gesund. Die Stimme, die ich die ganze Zeit gesucht hatte, kehrte zurück. Ich konnte sie riechen und sehen.

Sally hieß sie,

Sally hieß sie

wie ich später erfuhr, und sie war älter als ich: vielleicht Mitte 30. Ihre Haare fielen in einem Wasserfall aus Locken über ihre Schultern hinab, und sie brannten dabei wie loderndes Feuer. Ihre Augen schimmerten in einem tiefen Glasgrün, und wenn sie mich auslachte, tanzten die Sommersprossen in ihrem Gesicht wie Kirschblütenblätter im Frühlingswind. Solange ich krank war, brachte sie Tee. Jeden Tag brachte sie ihn, obwohl ich kein Geld hatte. Und auch nachdem ich die Jugendherberge in Dublin verlassen hatte, um weiter nach Westen zu ziehen, blieb sie immer in meiner Nähe. Das weiß ich jetzt und ich weiß noch viel mehr.

Sally beschützte mich damals. Sie hielt mir die, die mich jagten, vom Leib:
die Hexe, die blinde Kopfgeldjägerin aus dem einsamen Haus,

den Schwertträger unter der Brücke: den, der an jeder Hand zwei Daumen besaß, rechts und links von den Fingern.

Deshalb hatte ich Zeit. Ich erfuhr, wer Galahad ist und ich erfuhr, daß unsere Welten einmal zusammengehörten.
Sie waren eins!
Vor 1500 Jahren, als der Drache Merlin, dem Zauberer, den Auftrag erteilte, Artus zum König zu machen, damit er die Welt der Menschen und die der Natur mit ihren unsterblichen Wesen, den Lichten, den Nachtschwärmern, den Kurzen, den Schlawinern und Freaks, in Liebe vereint.
Denn Liebe, das war die Kraft, die nur der Mensch besaß, und allein diese Kraft verlieh dem Menschen die Pflicht, über die Natur und ihre Gewalten, für die nur das Recht des Stärkeren gilt, in Frieden zu herrschen.

Doch die Macht, die Artus bekam, war Gift für die Liebe. Der König wurde niederträchtig, gehässig und gierig. Er verbündete sich mit den zwölf Söhnen des Nebels, dem Ausbund des Bösen, und es kam zu einer grausamen Schlacht. Die Wesen der anderen Welt starben wie Fliegen, und auch die Tafelritter wurden stark dezimiert. Die einzige Hoffnung blieb eine Verschwörung:

Genevra GENEVRA

die Königin, Lancelot, des Königs Vertrauter, Mordred, der Königssohn und Merlin, der Zauberer, sein Mentor und Lehrer, töteten Artus und riefen den Drachen, damit er die zwölf Nebelreiter verschlingt.

Der Frieden danach war kein glücklicher Frieden. Die Trauer und der Schmerz waren zu groß. Doch es gab Hoffnung.

GALAHAD

Genevra trug einen Sohn, Lancelots Sohn: Galahad hieß er, der neue Messias, und bis der zwölf Jahre alt sein würde, sollten alle Waffen und Rachegelüste ruhen.

Das gab mir Kraft. Ich zog Richtung Westen. Ich erreichte die Burren, das steinerne Meer.

Sie waren wie Drachenherz im Land im Westen, und weil Sally da war – so wie der Wind, wie der Abendstern, der den Seefahrer leitet – traute ich mich in meine Geschichte zurück.

Galahad und Ko-Kahla-Bold durften nicht sterben. Das wollte ich nicht, und das zu verhindern war meine Pflicht. Doch dann kam
Sean Dark, die Herrin der Wüste, die eiskalte Jägerin. Sie wollte den Tafelmann töten. Sie brauchte sein Blut und das von Ko-Kahla. Ihr Volk brauchte es, um in der Wüste zu leben.
Und dann wurden alle drei, Galahad, Sean Dark und Ko-Kahla-Bold, von den Sekten umstellt. Zehntausende der hundgroßen Käfer vereinigten sich, türmten sich auf und stürzten sich auf sie, als niemand Geringerer als Kurz Null Null Zero, der Melonenträger der Kurzen, sich ihrer erbarmte.
Er rettete sie, wenn auch in ruppiger Bauchaufschlitzermanier, und dann feierte er mit ihnen zusammen seinen Geburtstag. Es war ein riesiges Fest und am Ende tanzten alle zu den Träumen des Drachen. Selbst Galahad und Sean Dark, die Todfeinde waren: sie tanzten zusammen, als wären sie ineinander verliebt.

Und ich schrieb ein Liebesgedicht.
Ein Mann bat mich darum, ganz tief im Herzen der Burren. Er nahm mich mit in sein Dorf, in sein Haus, und mit dem Gedicht, das ich im Bann der Musik des Drachentraums schrieb, gewann dieser grobschlächtige, aber verzweifelte Tölpel endlich das Herz der Frau, die er liebte.
Das Hochzeitsfest dauerte bis in den Morgen, und das ganze Dorf war zu Gast. Ganz Lisdoonvarna feierte mit den Verliebten und die feierten mit der Welt. Sie riefen die Menschen aus den umliegenden Dörfern.

SIE SCHENKTEN IHNEN

Sie schenkten ihnen ihr Glück.

IHR GLÜCK

Sie tanzten zusammen durch die Gassen und Straßen, und als es dunkel wurde, tanzte ich plötzlich mit ihr:
mit Sally.

MIT Sally

Ihren Namen verriet sie mir erst, als der Morgen schon graute, und sie lachte und machte mir Mut. Sie versprach mir, daß wir uns wiedersehen, und seit vier Tagen bin ich jetzt hier:

Hier,

in dem uralten Cottage hinter Doolin, das dem Großvater väterlicherseits einer Base der Tante der Mutter der Braut gehört. Hier darf ich wohnen, als Dank für mein Liebesgedicht, doch in Wirklichkeit muß ich dankbar sein.

Denn ich kann jetzt atmen.
Ich bin endlich ruhig.
Ich hab Sally, meine Liebe, gefunden. Ich hab mich gefunden: Hier, irgendwo zwischen den

ICH HAB MICH GEFUNDEN.

Welten, irgendwie neben der Zeit.

9. zum 10.06.1993

In der Nacht regnet es. Das Wetter schlägt um – wie so oft in Irland – und der Sturm weckt mich auf. Ich weiß nicht, wie spät es ist. Die Nacht ist stockfinster, und ich hab keine Uhr. Ich lieg auf dem Bett in dem einzigen Raum, den das alte Cottage besitzt. Ich höre den Regen. Er prasselt gegen die Fenster wie ein wütender Mottenschwarm, der gegen Scheinwerfer fliegt, und der Wind packt die Tür, als wollte er sie mit Gewalt aus den Angeln reißen.

DAS BÖSE GEBUNDEN!

'Noch ist das Böse an das Dunkel gebunden!' denke ich
und rieche die klammfeuchte Luft, die aus der gestampften Erde des Cottagefußbodens zu mir heraufsteigt und nach mir greift.
Sie löscht die letzte Glut im Kamin. Sie legt sich auf mein Gesicht, vermischt sich mit dem kalten Angstschweiß auf meiner Stirn, und dann steh ich auf.
Ich taste mich durch den dunklen Raum. Ich öffne die Tür, und wie in einem schlechten Draculafilm geh ich hinaus in die stürmische Nacht.
Es zieht mich dorthin.

Ich stemme mich gegen den brüllenden Wind. Der Regen verwandelt sich in nußgroßen Hagel, und der Mond und die Sterne werden von Gebirgen aus klammschwarzen Wolken erstickt.
Ich finde das Gartentor. Ich folge dem Weg die Böschung hinauf und trete ohne Schutz oder Deckung auf die auf dem Erdwall verlaufende Straße. Blitze zucken um mich herum. Sie schlagen in den vom Wetter geschundenen Boden. Fünfzig Meter vor mir brennt schon ein Baum. Er beugt sich als Feuertor über die Straße, und in seinem Flammenkranz wartet ein Auto, ein alter R4 mit ausgeschalteten Scheinwerfern - nur die Scheibenwischer rattern und quietschen - und neben der Fahrertür steht ein Mann. Er beugt sich zum Fenster des Wagens hinab, und als Hagel und Wind für einen Herzschlag aussetzen, krächzt eine Stimme.

„Klondeik?" krächzt sie, und der Mann, der neben dem Auto steht, zeigt auf mein Haus. Ich spring den Erdwall hinab. Im nächsten Augenblick gleißen die Scheinwerfer auf, und dann fährt der alte, schwarze R4 an mir, der ich mich flach auf den Schlammboden presse, und meinem Cottage vorbei in die Nacht.

10.06.1993

Doolin - Lothlorien

Ich weiß, wer die Frau in dem Auto war.

Zumindest hab ich eine Vermutung.

Doch ich sage es keinem.

Ich vertraue es selbst diesem Tagebuch nicht an. Denn dieses Wissen macht angst, und Angst kann ich jetzt nicht gebrauchen.

Jetzt, da ich endlich Zuhörer hab.
Zuhörer, die neugierig sind und die es nicht abwarten können, immer mehr zu erfahren.

Zuerst besuchten mich nur die Erwachsenen. Durch die Hochzeit in Lisdoonvarna war ich plötzlich berühmt. Sie wollten Liebesgedichte von mir, als wären das Zaubersprüche. Eine Frau flehte mich an, daß ich ihr dabei helfe, daß sich Kevin Costner oder Brad Pitt in sie verlieben. Doch ich bin kein Scharlatan. Ich lehnte ab, und vielleicht glaubten mir deshalb die Kinder.
Seit drei Tagen kommen sie jetzt.
Sobald die Schule aus ist, kommen sie zu mir, und auch heute sind sie schon da. Denn die Morgensonne hat den Sturm weggefegt. Es riecht nach Heu und nach Stroh, Tinkerbells Sternenstaub flirrt durch die Luft,
und ich schaue in zwölf ungeduldige und wissenshungrige Gesichter.

Da ist Peter, der Abenteurer. Er ist seit gestern elf Jahre alt und auf seinem Schoß sitzt sein sechsjähriger Bruder Ryan, der Träumer. Molly und Sarah sind hübsch und schon dreizehn.

Sie können es gar nicht erwarten, zu Frauen zu werden. Sean, Sinnead und Paula sind zehn und noch brav. Collin und Connor, die Zwillingsbrüder, sind die schlitzohrigsten Bengel, die es mit neun Jahren gibt, und den dicken Alfred hält jeder für einen Schwachkopf. Dabei ist er in Wirklichkeit nur etwas langsam und für seine fünfzehn Jahre sehr reif. Seine vierjährige Schwester Rachel weiß das. Sie vertraut ihm und liebt ihn und deshalb wohnt sie auf ihm, auf seinem Bauch, wie auf einem mächtigen Walroß. Ja, und der letzte der zwölf, den ich immer wieder vergesse, ist der unsichtbare zwölfjährige Art: Dünn und blaß schmiegt sich der Kerl in die Schatten. Er ist lautlos und stumm. Er sagt nichts, kein Wort, noch nicht mal ein halbes: auch nicht, wenn er kommt oder geht.

Doch er hört ganz genau zu.

Er saugt alles auf. Er sieht alles, versteht alles, und er errät noch mehr, als man will.

Seit einer Stunde sitzen wir jetzt auf dem Dach meines Cottages und bohren unsere nackten Zehen in das muffige Stroh.

WIR LACHEN

Wir lachen, wenn uns die Spinnen und Käfer an den Fußsohlen kitzeln, und wir genießen die Sonne. Nur Art bleibt unten im Garten im Schatten und lehnt an der Wand.

Er wartet. So wie die anderen warten.

Dabei hab ich ihnen alles erzählt. Alles, bis auf das, was in der letzten Nacht passiert ist. Alles, außer von den Orks in Berlin, der blinden Hexe und dem toten Schildkrötenmann vor den Klippen von Dover.

„Ich mag Kurz Null Null Zero", sagt Connor, einer der Schlitzohrenzwillinge, und grinst mit seinen schiefen Zähnen in das ungeduldige Schweigen hinein. „Und seinen Thron, der so aussieht, als hätte eine riesige Elster ihr ganzes Diebesgut seit Jahren verschluckt und auf dieselbe Stelle geschissen."

„Ja, erzähl uns mehr von den Bauchaufschlitzern!" lacht Collin, der seinem katzenäugigen Bruder wie ein Ei dem anderen gleicht.

„Nein. Erzähl von Sean Dark!" fordern Molly und Sarah. Die beiden klappen ihre Handspiegel auf und ziehen – hier mitten im Nirgendwo – ihren kirschroten Lippenstift nach.

„Liebt sie Galahad wirklich? Igitt! Ich könnte das nicht. Der ist uralt und sie ist erst neunzehn."

„Ich halt's nicht aus", verzweifelt Peter, der Abenteurer. „Seid ihr wirklich nur Mädchen? Galahad ist nicht alt. Galahad ist ein Held. Der Held, kapiert ihr, oder muß ich euch das mit eurem Lippenstift auf die Stirn tätowieren?"

„Ja, mach das. Wir helfen dir", lachen Collin und Connor, und die vierjährige Rachel lacht glucksend mit.

„Ja, Michael, erzähl mehr von To-Tahla-Polt. Und von der tleinen Doltfinder, bitte."

„Und erzähl uns vom Drachen!" fordert Ryan, der Träumer. „Wovon haben sie auf dem Fest der Kurzen geträumt?"

„Ja, und dann mußt du uns sagen, wo Merlin ist." Der brave Sean zittert vor Aufregung. „Oder ist ihm etwas passiert? Er ist doch ein Zauberer."

„Er bringt alles in Ordnung", steht Paula ihm bei. „Das tut er doch, Michael. Er hält Wildernacht auf."

ER HÄLT WILDERNACHT AUF

Ich schaue sie an. Zuerst Paula und Sean, und dann die anderen Kinder.

DIESE GESCHICHTE

„Okay", sage ich. „Eure Fragen und Sorgen sind alle berechtigt. Auch wenn viele davon eher Wünsche sind. Wünsche, die womöglich nie in Erfüllung gehen. Damit müssen wir rechnen."

IST NICHT

Ich mach eine Pause. Ich warte, um sicherzugehen, daß sie mich auch alle verstehen.

ERFUNDEN

„Was ich damit sagen will: Ich hab dieselben Fragen wie ihr, und ich suche wie ihr nach denselben Antworten. Aber die Geschichte, die ich euch erzähle, ist nicht erfunden. Das hab ich euch schon gesagt. Und sie ist auch nicht vor hundert Jahren passiert.
Sie passiert jetzt.
In diesem Augenblick, in dem ihr hier seid, und sie geht weiter, wenn es dunkel wird, und sie hört auch nicht auf, wenn ihr schlaft."

„Dann erzähl endlich! Los!" hält es Sinnead nicht länger aus, und plötzlich sehe ich Art. Der dünne, hagere Kerl ist aus dem Schatten gekommen und stellt sich jetzt auf das Dach:

ans andere Ende, mir gegenüber, die gleißende Mittagssonne im Rücken.

„Fang endlich an!“ rufen Collin und Connor, und Peter schnalzt mit der Zunge. „Ja, sonst verpassen wir noch, wie die Welt untergeht.“ Ich werfe Peter einen strengen Blick zu. ‚Darüber macht man keine Witze‘, will ich ihn warnen, doch dazu komme ich nicht.

Denn die Geschichte ist da. Sechs Tage hat sie darauf gewartet, daß ich sie weitererzähle, und jetzt sprudelt sie aus mir heraus.

10.06.1993

18:30 Uhr, Drachenherz

Es ist der Morgen nach dem Geburtstagsfest von Kurz Null Null Zero, und Drachenherz, die letzte der einstmals vier großen Hallen der Kurzen, schläft und träumt immer noch friedlich im Drachentraumwind. Schläft oder schnarcht, denn wenn man Kurz Null Null Zero, den Melonenträger betrachtet, ist es unfaßbar, daß ein so kleiner Kerl solch einen Lärm machen kann.

Dann bewegen sich plötzlich die Schatten. Aus Löchern und Ritzen, die bisher unsichtbar waren, krabbeln und schlüpfen die Sekten heraus. Die Sekten und Reps. Der Boden der Halle scheint jetzt zu leben, und auch ihre Decke senkt sich in Aberhunderten von Flügelpaaren auf die arglosen Träumer herab.
Doch das sind nicht die Biester aus Wildernacht, diese mutierten Monster der Wüste. Es sind die Diener und Freunde der Kurzen: Maikäfer, die so groß wie Meerschweinchen sind, packen Kurz Null Null Zero und Golddoppelpfündchen, seine bessere Hälfte, und tragen sie und die anderen Kurzen summend und brummend aus dem Festsaal hinaus.

Libellen und Glühwürmchen kümmern sich um Ko-Kahla-Bold, das Schlawinermädchen, als wär sie nicht abgrundtief häßlich, sondern ein Engel; und Galahad und Sean Dark schwimmen – immer noch engumschlungen vom Drachentraumtanz – auf einer Woge aus Ameisenköniginnen durch die endlosen Gänge des unterirdischen Reichs. Bunte Echsen und Tausendfüßler tragen unterdessen die Festtafel ab. Schnecken und Raupen kehren den Boden, und dann, als der Saal wieder blitzt und glänzt, erstarren die fleißigen Tiere.

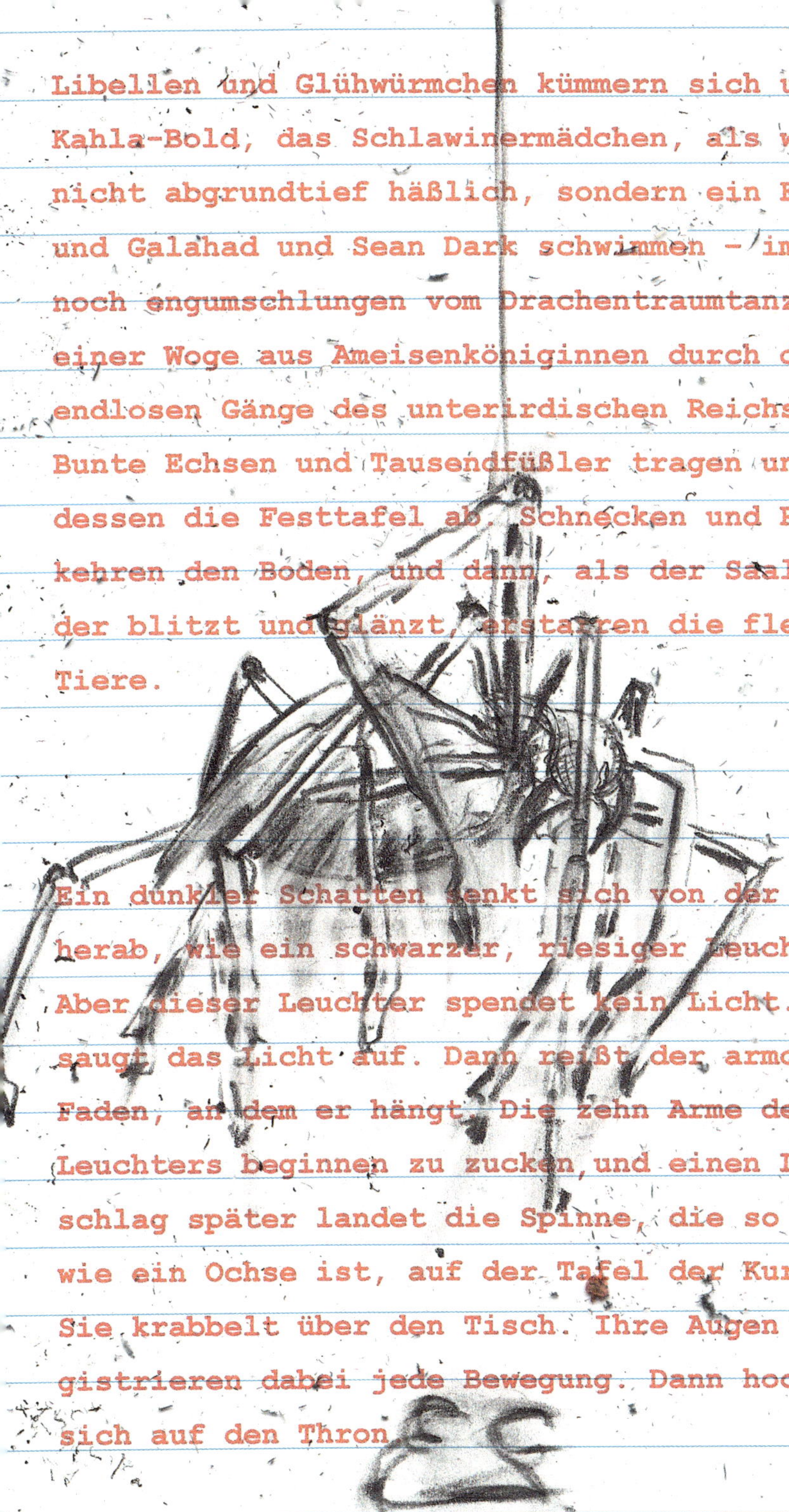

Ein dunkler Schatten senkt sich von der Decke herab, wie ein schwarzer, riesiger Leuchter. Aber dieser Leuchter spendet kein Licht. Er saugt das Licht auf. Dann reißt der armdicke Faden, an dem er hängt. Die zehn Arme des Leuchters beginnen zu zucken, und einen Lidschlag später landet die Spinne, die so groß wie ein Ochse ist, auf der Tafel der Kurzen. Sie krabbelt über den Tisch. Ihre Augen registrieren dabei jede Bewegung. Dann hockt sie sich auf den Thron.

Ihre haarigen Beinen betasten den Boden. Sie finden einen Käfer, der etwas verbirgt. Sie töten ihn, ohne zu zögern, holen unter seinem Kadaver den kleinen Stöpsel hervor und verschließen mit ihm das Loch in der Wand.

Der Traum des Drachen verstummt.

Es herrscht eine grausame Stille, und vielleicht hätten jetzt alle Bewohner und Gäste von Drachenherz vor Verzweiflung geschrien ... Doch sie wußten es nicht. Sie wußten noch nicht, daß es das letzte Mal war, daß der Drache, das Wesen, dessen Atem alles durchweht, zu ihnen sprach.

„Halt! Einen Moment!“ unterbricht mich der dicke Alfred. „Es gibt keine Spinnen, die zehn Beine haben.“

„Ach ja!“ spottet Peter. „Und was ist mit dem Mann, der vier Daumen hat?“ Demonstrativ hält er den Daumen seiner linken Hand neben den kleinen Finger der rechten. „Oder mit dem Falken mit den fünf Krallen? Sind die auch nur erfunden?“

„Genau“, nickt Alfred, als wär er ein Buddha. „Genau das meine ich, Peter.“

Das meine ich.

Der verzieht das Gesicht: „ He? Wie bitte? Was? Das versteh ich nicht, Michael!"
„Doch", sage ich. „Alfred meint dasselbe wie du. Das war keine Spinne."
„Aber was war es dann?" fragen Sean, Sinnead und Paula.

Ich schaue zu Art. Der steht in der Sonne. Ein dünner Strich ohne Gesicht.

„Ich weiß es nicht." Ich hebe ratlos die Arme. „Und ich weiß auch nicht, ob die Kurzen es wissen. Nein. Ich glaube nicht, daß sie wissen, daß dieses Biest überhaupt existiert."
„Aber dann herrscht Alarm!" rufen die Zwillingsbrüder.
„Dann müssen wir Galahad wecken."
„Ja, und To-Tahla und Doldfinder", ereifert sich Rachel. Das vierjährige Mädchen springt auf Alfreds Walroßbauch rum, als wär der ein Trampolin. „Tomm, Michael, mach ssohn! Ssnell, ssnell, danz ssnell!"
„Aber was ist mit den Träumen?" will Ryan wissen. „Wir haben die Träume vergessen!"

„Quatsch!" fährt ihm Peter über den Mund. „Der Quatsch ist nicht wichtig. Galahad, kapierst du, ist in Lebensgefahr."

„Ja, aber, Michael", wehrt sich der kleine Ryan.

„Wenn wir die Träume vergessen, dann ... dann ... dann gibt es doch Krieg."

Mir stockt der Atem. Noch nie hatte dieses Wort so schrecklich geklungen wie hier in der Kinder-von-Bullerbü-Juni-Idylle von Doolin-Lothlorien. Für ein paar Herzschläge bin ich taub. Das glaub ich zumindest. Doch dann erkenne ich, daß die Welt verstummt ist. Selbst die Grillen sind stumm und die Vögel und ...

„Ist das wahr?" flüstert Paula in diese Stille hinein.

„Ist das wahr?" fragt sie noch leiser und hebt flehend den Kopf.

Ich schaue sie an.

‚Bitte sag nein!' rufen ihre Gedanken.

Doch so sehr ich's auch will, ich kann ihr diesen Wunsch nicht erfüllen.

„Ja", beginne ich mit brüchiger Stimme.

„Ryan hat recht."

Jetzt wankt selbst Art, und Rachel schaut fragend zum dicken Alfred. Der nimmt sie stumm in den Arm.
„Der Krieg ist nicht aufzuhalten." Ich hole tief Luft. „Und es bleibt keine Zeit mehr, um über Träume zu reden. Der Feind ist uns viel zu viele Schritte voraus."

„Uns?" flüstert Sinnead.
„Ja, uns", nicke ich. „Und wenn wir jemals erfahren wollen, was ein Drachentraum ist, wenn wir die Hoffnung behalten wollen, daß der Krieg einmal endet, dann müssen wir alles tun, um unsere Freunde zu retten."

„Ja, erzähl weiter", ruft der kleine Ryan. „Wo ist To-Tahla? Wo Doldfinder?"
„Wir müssen Galahad wecken. Ja, und Sean Dark!" Peter springt auf, als wollte er selber in die Geschichte hinein. „Wir brauchen Zerò und Golddoppelpfündchen und wir brauchen die Krieger der Kurzen."
„Michael!" treibt mich Sinnead zur Eile und ich hole tief Luft.

Ich strecke meine Fühler nach Drachenherz aus.

Meine Gedanken wandern durch die Gänge der Kurzen. Sie folgen den Spuren der Ameisenköniginnen.

„Ja", sage ich. „Da muß Galahad sein."

Und dann erzähle ich weiter.

Kaum waren die Träume des Drachen verstummt, öffnete Galahad die Augen. Der alte Recke lag auf einem riesigen Bett aus dunkelrotpurpurner Seide und auf dieser Seide, auf dem seidenen Laken, das seinen nackten Körper bedeckte, und auf seinen hüftlangen schlohweißen Haaren waren Rosenblätter verstreut.

Galahad hob die Brauen. Er schaute sich stirnrunzelnd um und er atmete vor Erleichterung auf, als er feststellte, daß er allein in diesem ... ja, wie sollte er das wohl nennen: in diesem „Turteltäubchenlustgemach" war.

Die Felswände des kreisrunden Raumes, dessen Durchmesser Galahad auf mindestens zwölf Schwertlängen schätzte, waren mit dunkelrotpurpurnen Teppichen behangen und auf denen erzählten gold- und silberdurchwirkte Stickereien in allen erdenklichen Variationen vom wilden Liebesleben der Kurzen.

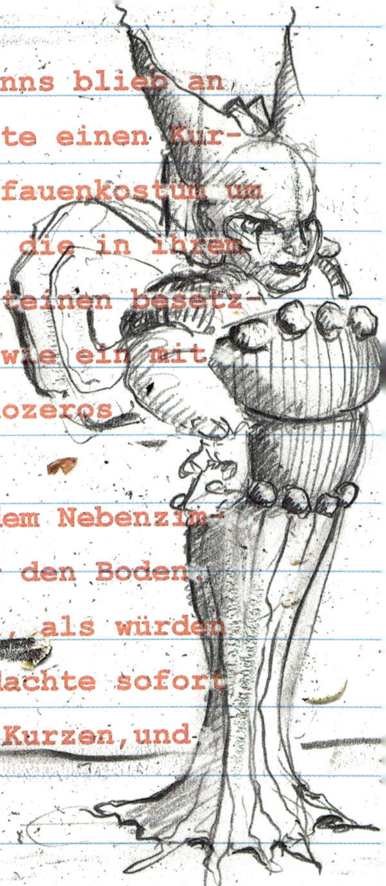

Der ungläubige Blick des Tafelmanns blieb an einer Abbildung hängen. Sie zeigte einen Kurzenmann, der in einem goldenen Pfauenkostüm um eine Kurzenfrau herumstolzierte, die in ihrem silbrigen, mit faustgroßen Edelsteinen besetzten Schmetterlingskostüm aussah wie ein mit vier Minipizzen geflügeltes Rhinozeros.

Dann hörte er ein Geräusch aus dem Nebenzimmer. Schritte huschten dort über den Boden. Metall schabte leise über Metall, als würden Messerklingen gewetzt. Galahad dachte sofort an die Wurfsternklappmesser der Kurzen, und dann fiel es ihm ein:

Das Geburtstagsfest war vorbei und die Gastfreundschaft der Kurzen damit erloschen. Sean Dark, Ko-Kahla-Bold und er waren wieder Gefangene, und durch Mordreds Bann war seine Immunität als Tafelmann aufgehoben. Jeder durfte ihn töten und bekam als Belohnung ein Kopfgeld dafür.

Galahad schnaubte verächtlich. Eigentlich konnte er froh sein, daß er an diesem Morgen nicht mit aufgeschnittener Kehle erwacht war. Er glitt aus dem Bett.

Vorsichtig und absolut lautlos wickelte er sich das seidene Laken um den mit Narben übersäten, ausgemergelten Körper. Er zog sein Schwert Drachentod, das neben dem Bett bei seinen Kleidern lag, aus der 1500 Jahre alten, schmucklosen Scheide und ging von dem kreisrunden Bett, das in der Mitte des Raumes stand, auf die kreisrunde, nur angelehnte Holztür zu.
Dort bückte sich Galahad, denn obwohl die Tür mindestens die doppelte Höhe eines ausgewachsenen Kurzenmannes besaß, reichte sie ihm gerade mal bis zur Brust. Der Tafelmann umfaßte den Eschengriff seines Schwertes. Sein Blick prüfte die Klinge aus Kohlenstoffstahl, die von innen her leuchtete, als bewahre sie so die Erinnerung an das Feuer des Drachen, in dem sie einstmals geschmiedet worden war, und drückte die Tür langsam in den Nachbarraum auf.
Für die Dauer von drei Herzschlägen hatte Galahad Glück, doch dann quietschten die Angeln. Es war nur ein Knirschen, ganz kurz und ganz leise, so als trete eine nackte Kinderfußsohle auf ganz feinen Sand, und der Brokat an den Wänden verschluckte dieses Knirschen.

Aber für Galahads Ohren war es deutlich zu hö-
ren, und für das Wesen,
das sich im Nebenraum aufhielt, war es fast
ohrenbetäubend.
„Du schläfst lang, alter Mann", sagte eine
klare und trotz ihrer Jugend sehr feste Stim-
me. „Und du schnarchst so laut, daß es einen
aus den tiefsten Träumen aufschreckt."

Galahad schob die Tür zum Nebenraum auf und
schaute in Sean Darks spöttisches Grinsen. Die
Dame von Wildernacht stand mit dem Rücken zu
ihm und schätzte ihn über die vergoldete Spie-
gelwand ab. „Dabei hab ich auf der anderen
Seite geschlafen. Da, in dem Raum, und dieses
Zimmer hier und die zwei Holztüren waren zwi-
schen uns, Galahad."
Außer ihrem Perlenhelm trug die neunzehnjähri-
ge Kriegerin nur einen Lendenschurz und ihr
Schwert, und ihre Waffen und Kleidungsstücke
leuchteten in demselben Eisengrau wie ihre
strahlenden Augen.

‚Wie hoch über den Sturmhimmel ziehende Wol-
ken, hinter denen die Mittagsonne steht',
dachte Galahad und trat durch die Tür.

Das blonde Haar fiel der jungen Frau in ganz fein geflochtenen Zöpfen über den Rücken hinab und daneben liefen – von den Schulterblättern abwärts bis zu den Hüften – zwei Reihen türkis-grauer Tattos.

DANN

„Hast du wirklich geglaubt, daß dich dein Schnarchen beschützt?" fragte Sean Dark spöttisch und hob die Hand. „Ich hab mit Aldrian, dem Einäugigen, und meinen Männern gewettet, daß ich dich noch vor den Kurzen erwisch. Und die werden bestimmt gleich kommen, um dich zu töten."

SCHLUG

Sie öffnete die Handfläche vor ihrem Mund, blies fünf Plagegeisterfedern aus ihr heraus in die Luft und für einen fast endlosen Augenblick sah sie zu, wie die daumenlangen, rosageäderten Schwanzfedern des Vampirwüstenvogels um sie herumstoben und zu tanzen begannen.

SIE

Dann schloß sie die Augen.

Ihre langen, feingliedrigen Finger verschmolzen mit dem Griff ihres Schwertes aus Narwalhornelfenbein. Ihre Fußsohlen und Zehen betasteten den glattgeschliffenen, felsigen Boden. Die Muskeln ihres Körpers spannten sich unter ihrer mondblassen Haut, und dann schlug sie zu.

ZU.

Blitzschnell und ein Mal nur für Galahads Augen schwirrte die mit den Giftzähnen der Treibholzaalschleiche besetzte Klinge um ihren Kopf und im selben Moment fielen zehn gleichgroße längs ihres Kiels geteilte Federhälften auf den Boden herab.

Erst jetzt öffnete die Dame von Wildernacht die Augen. Ausdruckslos registrierte sie das leichte Beben der Nasenflügel des Tafelmanns, den letzten Rest seines einstmals bestimmt unwiderstehlichen Lächelns; sie registrierte die Bewunderung, die seine Mundwinkel umspielte, und dann huschte ein metallisches Schimmern über ihre Augen: ein Glanz oder Leuchten, das jeder andere sofort als Freude verstanden hätte. Doch Galahad sah in dem Schimmern die Reflexion ihres Schwertes. Er riß Drachentod hoch, parierte den ersten Schlag der neunzehnjährigen Kriegerin, duckte sich unter dem zweiten, der so schnell war, daß er ihn nicht mit den Augen, sondern nur mit dem Herzen wahrnehmen konnte, hinweg und schlug dann selbst zu. Lautlos wie eine Eulenschwinge flog sein Schwert durch die Luft. Das Glühen im Innern der Klinge explodierte in einem blendenden Blitz, als es die Giftzähne der Treibholzaalschleiche von Sean Darks Schwert rasierte, sich in die Parierstange der jungen Frau grub und beide, Waffe und Kriegerin, durch die Luft und gegen die Spiegelwand schleuderte, daß diese zerbarst.

„Zieh dich an!" sagte er trocken zu der sprachlosen Frau, wickelte sich das Laken, das bei dem Kampf zu Boden gefallen war, um die Hüften und ging zur Tür. „Wir müssen zu Kurz Null Null Zero."

Sean Dark schenkte ihm einen verächtlichen Blick, stand wortlos auf und beugte sich über das riesige Becken, das wie ein kleiner See in den Boden eingelassen war.

„Ich denke, du hast die Spinne gesehen, die gegen Ende des Fests an der Decke hing, und ich schlage dir vor, daß du alle Mordpläne, die mich betreffen, so lange verschiebst, bis wir Drachenherz und die Kurzen hinter uns haben."

Sean Dark betrachtete ihr zorniges Spiegelbild in der gläsernen Oberfläche des Sees, schob die Rosenblätter zur Seite und führte eine Handvoll des köstlich duftenden Wassers zum Mund.

„Ist das ein Pakt?“ fragte Galahad und drehte sich um.
„Ja“, zischte Sean Dark und erschrak, als bei diesem Wort eine Seifenblase aus ihrem Mund wuchs.
Galahads Nasenflügel blähten sich auf.
„Gut“, nickte er. „Und das nächste Mal solltest du das Wasser nicht trinken. Das ist eine Badewanne, keine Wasserstelle, Sean Dark.“
Die junge Kriegerin bebte vor Zorn. Sie wollte etwas sagen. Etwas wie: „Genieße die wenigen Stunden, die dir noch bleiben, alter Mann“, doch es kamen nur schillernde Kugeln aus ihrem Mund, die lautlos zerplatzten.

„Yeah!“ triumphierte Peter und ballte die Faust. „Das war cool. Und wie cool das war. Michael, gib mir mehr davon.“
„Erzähl von den Seifenblasen!“ rief die kleine Rachel. Sie strahlte dabei vor Sorglosigkeit.
„Ja, und dann erzählst du uns, wie sie die Spinne besiegen.“ Sinnead und Sean lachten sich an. Sie wandten sich an die noch ängstlichere Paula. „Es wird alles gut. Hast du gehört? Galahad hat sie gesehen. Er wird das Biest töten. Das wird er doch, oder?“
ER WIRD DAS BIEST TÖTEN

Die Kinder schauten mich an.
„Los. Erzähl es uns!" forderten sie.

„Rette die Träume des Drachen! Michael!"

Sie flehten mich an, und obwohl ich ihrem Blick ausweichen wollte, hielt ich ihm stand. Ich konnte nicht anders. Dann schüttelte ich langsam den Kopf. Ich schüttelte ihn, obwohl ich doch nicken wollte. Ja, ich wünschte mir so sehr, daß ich es könnte.
„Vielleicht", sagte ich, als ich ihre Enttäuschung erkannte. „Vielleicht. Aber davon erzähl ich euch morgen. Ihr müßt jetzt nach Hause. Es ist Zeit für's Abendessen und danach wird es dunkel. Da muß ich mich um was anderes kümmern."
„Um was?" fragte Paula entsetzt und besorgt.
„Das weiß ich noch nicht!" antwortete ich und versuchte zu lächeln. „Aber wenn ich mir sicher bin, dann werd ich's euch sagen. Das verspreche ich dir."
Paula verengte ihre Augen mißtrauisch zu Schlitzen.
„Und wenn ich's nicht wissen will?" fragte sie mich.

„Dann erzählt er es mir!" kam mir Peter zu Hilfe. „Und dann helfe ich ihm."

„Das meine ich nicht!" wehrte sich Paula entrüstet. „Ich helfe ihm auch. Aber ich will es nicht. Verstehst du das nicht? Ich will nicht, daß das, was Michael heute nacht macht, überhaupt gemacht werden muß."

Sie schaute von Peter in die Gesichter der anderen, und alle außer Art gaben ihr recht. Der stumme, arglistige Junge war plötzlich verschwunden. Und doch war er da. Ich suchte nach ihm und entdeckte ihn schließlich. Das heißt, ich fühlte ihn eher, als daß ich ihn sah:

Art stand fünfzig Meter von uns entfernt auf der Straße. Er lehnte am Stamm des verkohlten Baums, in den letzte Nacht der Blitz eingeschlagen war.

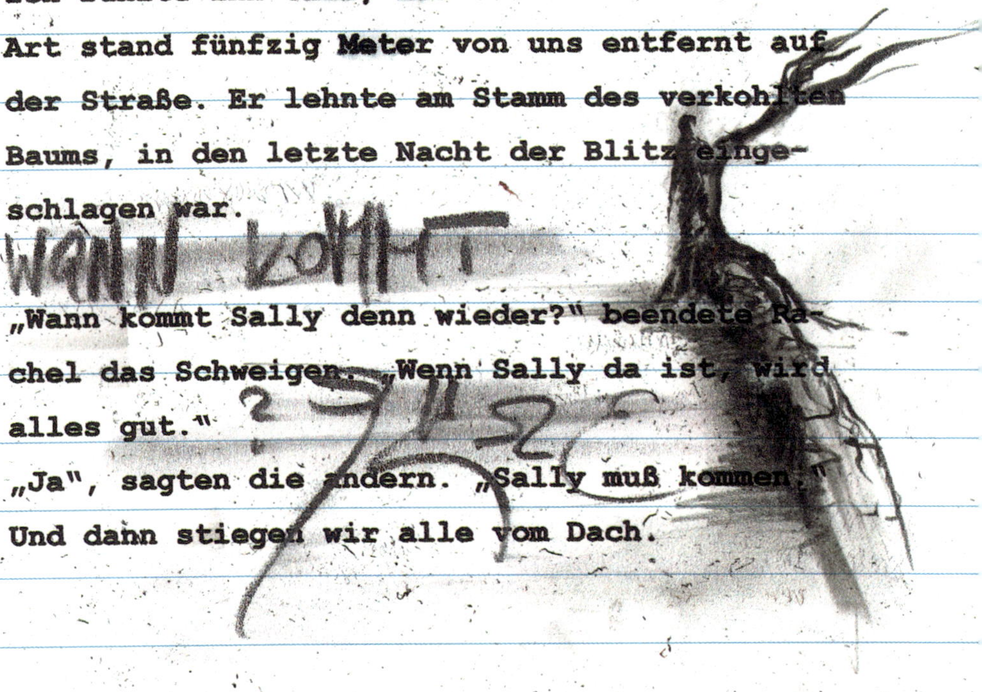

„Wann kommt Sally denn wieder?" beendete Rachel das Schweigen. „Wenn Sally da ist, wird alles gut."

„Ja", sagten die andern. „Sally muß kommen."

Und dann stiegen wir alle vom Dach.

10.06.1993

22:30 Uhr: Angst

Ich hab den Kindern sehr lange nachgeschaut. Zuletzt verschwanden Rachel und Alfred über die Hügelkuppe am Ende der Straße, die mein altes Cottage vor Doolin im Süden verbirgt. Das kleine Mädchen watschelte wie ein Kobold an der Hand ihres Bruders und hüpfte, als würde es Wildernacht gar nicht geben, um seinen dicken Walroßbauch herum.

‚So muß es sein, wenn man eine Familie hat', dachte ich lächelnd. ‚Und wenn Frieden herrscht. Wenn man das Böse beim Namen kennt und es in seine Schranken weist.'

Fritz fiel mir ein und Elfie und Pocke. Was war wohl aus den Straßenkindern in Berlin geworden? Können Sie sich noch an die drei erinnern? Es ist erst sechs Wochen her. Sie hatten mit mir zusammen den Müll eingesammelt. Nicht den auf der Straße, sondern den, der in unseren Herzen herumliegt und der dort gar nichts zu suchen hat. Doch ich hatte sie alle verloren.

Ich hatte sie verraten, im Stich gelassen, und ich hatte nur ohnmächtig zugeschaut, wie ihre Seelen gestorben sind: wie man Orks aus ihnen gemacht hat: am 21.4.
Und das sollte und durfte sich nie wiederholen! Nicht mit Rachel oder Alfred und auch nicht mit Art.

Die Zeit des Atemholens war deshalb vorbei. Sie hatte gerade einmal fünf Tage gedauert. Jetzt herrschte wieder die Angst. Die Angst vor etwas, was ich nicht kannte. So wie Galahad und Sean Dark nicht wissen, welche Gefahr sich hinter der Spinne verbirgt: der zehnbeinigen Spinne, die am Ende des Kurzenfestes plötzlich erschienen ist.
Und genauso wie Galahad kann und darf ich diesmal nicht fliehen. Wir haben beide das erste Ziel unserer Reise erreicht. Wir stehen beide vor unserer ersten Schlacht, dem ersten Kampf mit dem Bösen. Zum ersten Mal werden wir von ihm vermessen und eingeschätzt und gnade uns Gott, wenn wir uns ihm als ebenbürtig erweisen.

Hexe No 2

11.06.1993

2:00 Uhr früh: Hexenfalle

Kurz nach Sonnenuntergang kehrten die Sturmwolken zurück, und im Schutz des Regens, der so dicht wie Nebel fiel, verließ ich mein Cottage, um mich einen Steinwurf entfernt auf der anderen Seite der hoch aufgeworfenen Straßenböschung in der Nähe des vom Blitz gespaltenen Baums zu verstecken.

Dort blieb ich liegen, die alte Axt in der Hand, eine andere Waffe hatte ich in dem Haus nicht gefunden, doch je länger es regnete, desto mehr verschmolzen meine Finger mit dem alten Holzstiel, als wäre dieser für mich gemacht. Mein Blut kühlte ab, bis es die Temperatur der rostigen Klinge erreichte. Die Kälte

nicht Opfer

nahm mir die Angst und sie schärfte meinen Verstand und die Sinne. Ich war nicht mehr ängstlich und vorsichtig. Ich war auf der Hut, oder besser gesagt: ich fühlte mich nicht mehr als Opfer. Ich war zum Jäger geworden, und als es Mitternacht wurde, beendete ein einziger Blitzschlag den Sturm. Ein Blitzschlag, dem kein Donner mehr folgte.

Jäger

JaGeR

Es wurde schlagartig still. Das Plitsch Plitsch der letzten Regentropfen verstummte, und dann trat Art aus dem Schatten des gespaltenen Baums.

Wie lange stand er schon da?

Und: Hatte er mich gesehen? Wußte er, wo ich war? Sollte ich aufspringen und ihn fragen? Er war noch ein Kind. Ich konnte und durfte ihm doch nichts antun! Auch wenn er mit seinen zwölf Jahren fast so lang war wie ein erwachsener Mann. So lang wie der Mann, der der Fahrerin des schwarzen R4 gestern mein Haus gezeigt hatte.

Da blieb Art stehen, mitten auf der Straße und keine fünf Meter von mir entfernt. Der Mond brach durch die Wolken, und ich sah sein Gesicht, seine dunklen Augen. Sie lagen wie schimmernde Waldseen zwischen den Strähnen seines schwarzen, vom Regen triefenden Haars. Er war absolut ruhig. Er hatte überhaupt keine Angst, so als würde er das Böse schon kennen, als würde er es kontrollieren oder beherrschen. ER HAT KEINE ANGST

Dann gleißten Scheinwerfer auf. Hinter der Hügelkuppe im Süden und jenseits der Biegung, die die Straße im Norden beschreibt.

Einen Augenblick später sah ich die Autos. Sie näherten sich, und Art blieb seelenruhig stehen. Alles, was er tat, war, in meine Richtung zu schauen.

WAS

Ein zwölfjähriger Junge. Und er war noch ein Kind.

TUT

War das Böse so niederträchtig geworden, daß es sich schon der Kinder bediente?

GALAHAD

Was würde Galahad tun? Ich hob die Axt. Die Knöchel an den Fingern, die den Holzstiel umfaßten, glänzten fahlweiß und mitleidlos in der Farbe des Todes. Ich mußte Art töten, bevor er mich töten würde.

Da hörte ich Sally.

Das heißt, ich erinnerte mich an das, was sie mir auf dem Friedhof in Lisdoonvarna gesagt hatte: „Sei froh, daß du anders bist. Anders als Galahad." Und ich senkte die Axt.

Ich lag flach auf dem Boden und rührte mich nicht. Genauso wie Art. Der stand auf der Straße. Er schaute mich an und er wartete

OHNE SEELE

seelenlos,

bis der schwarze R4, der aus Süden kam, und der schwarze Fiat 500 neben ihm hielten.
Die Fahrerin des alten Renaults beugte sich zum Beifahrerfenster und schob es einen Fingerbreit auf. Für einen Moment sah ich das rote, wie mit einem Lineal zu einer Prinz-Eisenherz-Frisur geschnittene, strohige Haar unter dem breitkrempigen Hut und dem Schleier, aufleuchten. Ich sah das eine, milchige Auge und ich hörte die Stimme, die ich in der letzten Nacht gehört hatte, und die ich jetzt schon seit neunzehn Tagen kannte.
Seit dem Abend des 22. Mai.
„Klondeik?", krächzte sie leise, und Art, der mich immer noch anschaute, antwortete mit einem Nicken.
„Gut", krächzte die blinde Hexe, als könne sie sehen. Sie fuhr sich mit der Zunge genüßlich über das glatte, kühle Zahnfleisch auf der Seite des Kiefers, auf der ihr die Zähne fehlten.
„Dann sorg dafür, daß er bleibt."
Art schaute mich an.
„Muß ich ihn töten?" fragte er, und zum ersten Mal hörte ich seine leise, aber sehr feste Stimme.

MUß ICH TÖTEN

„Nein", krächzte die Alte. „Tot nutzt er uns nichts. Wir brauchen den lebenden Köder."

Sie gab Gas, daß die Reifen durchdrehten, und raste an dem Fiat 500 vorbei. Der blieb noch stehen. Die Fahrerin, die einen Pelzmantel trug, hatte die Haare zu einen einem Pferdeschwanz gebunden. Sie musterte Art, als könne sie dem Jungen nicht wirklich trauen. Sie musterte ihn, bis die Scheiben des Fiat 500 von innen beschlugen. Dann kurbelte auch sie das Fenster herunter und schob eine Metallflöte durch den Spalt.

„Ruf uns, wenn er nicht mehr alleine ist", sagte sie mit ganz sanfter Stimme. „Dann bekommst du deine Belohnung sofort."

Art zögerte kurz. Dann nahm er die Flöte, und der Fiat 500 fuhr an. Ganz ruhig und gelassen fuhr er nach Süden, bis er hinter der Kuppe verschwand.

Doch der Junge blieb stehen und auch ich wartete noch. Ich weiß nicht wie lange: vielleicht zwanzig Minuten, vielleicht eine Stunde. Auf jeden Fall verstummte irgendwann die Musik die aus Doolins Kneipen zu uns herüberwehte, und die letzten Betrunkenen gingen singend nach Hause.

Wir waren allein.

Da stand ich auf. Ganz ohne Hast. Die Axt in der Hand, von der der Schlamm tropfte wie dunkles Blut: als hätte ich Art schon mehrmals erschlagen. Ich stieg die Böschung zur Straße empor, und Art ließ das einfach geschehen. Er rannte nicht weg.

Er sah mich nur an.

„Warum?" fragte ich ihn. „Warum tust du das? Und warum wolltest du, daß ich das alles erfahre?"

Art sah mich an. Wassertropfen rannen ihm über Wangen und Kinn, und ich wußte nicht, ob es Tränen waren.

„Warum?" fragte ich ihn und hob langsam die Axt. Art wich zurück.

„Nein", sagte er leise. Dann rannte er los.

„Nein!" rief er lauter, und dann schrie er:

„Nein!"

Er drehte sich um und blieb torkelnd stehen.

„Nein!" wiederholte er und sah mich haßerfüllt an. „Du kannst mich nicht töten, Michael! Nein, du darfst es nicht. Wenn du mich tötest, ist alles verloren.

Nein

Dann wird dich deine geliebte Sally verachten." Art hob triumphierend das Kinn und drohte mir mit der Flöte. „Sie wird dich verachten!"

„Ja", nickte ich und lief auf ihn zu. „Aber wenn ich dich leben lasse, bin ich ihr Tod. Ich bin der Köder für sie, den die Hexen ausgelegt haben. Und du bist das Gift, das diesen Köder vergiftet."

Ich packte den Jungen und warf ihn zu Boden. Ich riß die Axt hoch über den Kopf. Die rostige Klinge glänzte im Mondschein.

„Nein. Bitte nicht!" bat der hilflose Junge.

„Dann schließen wir beide jetzt einen Pakt." Art kroch rücklings vor mir auf der Straße. „So wie Galahad und Sean Dark. Wir schließen Frieden, bis Sally da ist. Und dann tut jeder das, was er will."

Art flehte mich an und seine Augen waren jetzt zwölf, egal, was er sagte, und vielleicht sogar jünger.

„Warum?" drohte ich. „Was hast du vor? Warum hast du mich nicht an die Hexen verraten?"

„Weil ... weil ...", Art schnappte nach Luft. Die Tränen kullerten ihm aus den Augen. „Weil sie mich zwingen und weil ich sie hasse!"

Art drehte sich um. Er zog sein Hemd bis über die Schultern hoch und zeigte mir seinen knochigen Rücken: blutige Striemen klafften in der fast weißen Haut.

Ich ließ die Axt sinken. Ich kniete mich zu ihm. Ich wollte ihn trösten, doch er stieß mich weg.

„Nein!" rief er ängstlich. „Laß mich in Ruhe."

Er rannte die Straßenböschung hinab und verschwand in der Nacht.

Ich schloß die Augen.

„Orks", sagte ich leise und spürte die Tränen. Die Tränen für Art, für Elfie, für Pocke und Fritz. „Es gibt sie nicht nur in Berlin."

Langsam versuchte ich wieder zu atmen.

„Sie sind auch schon hier."

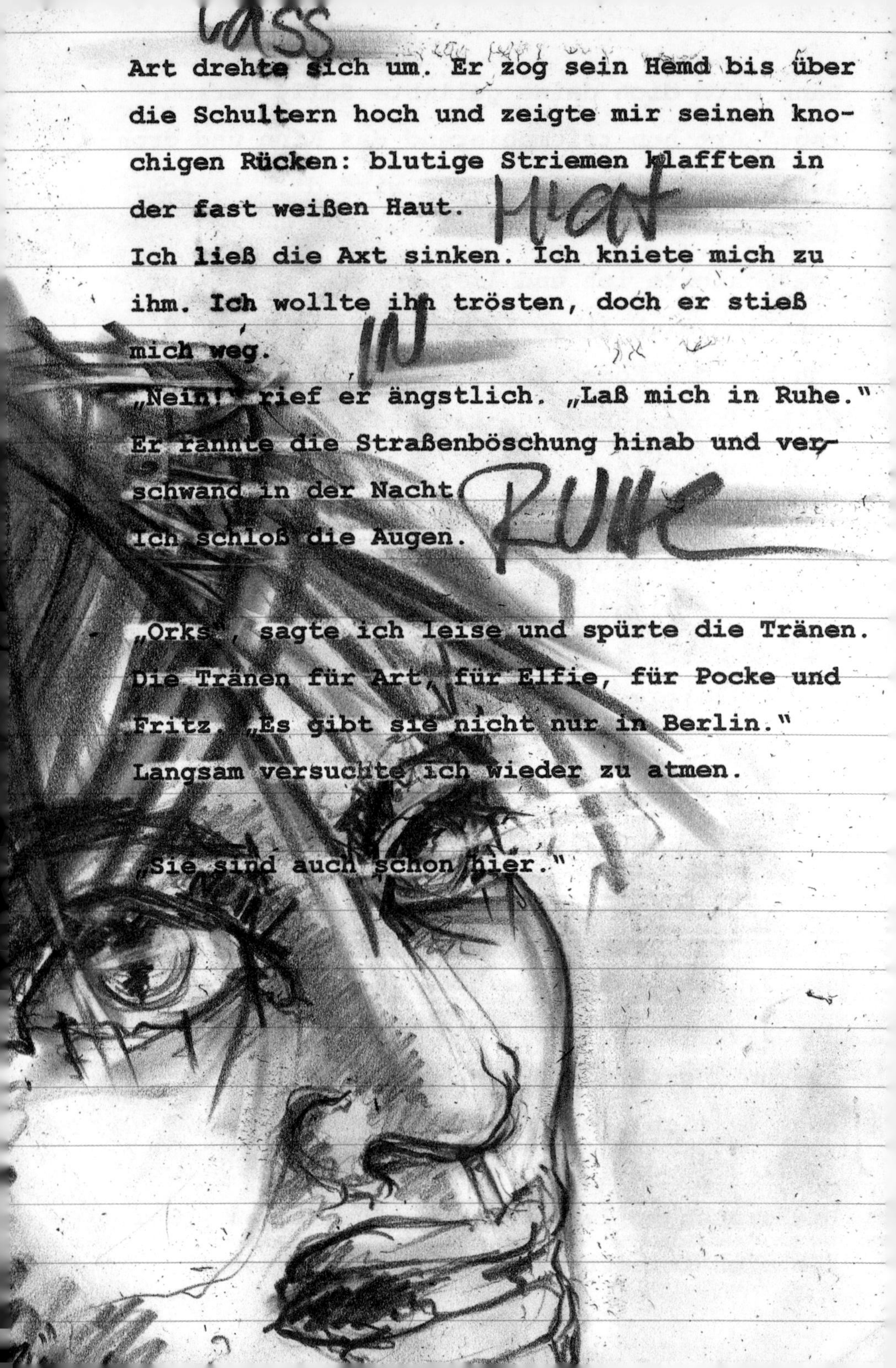

11.06.1993

8:15 Uhr: Verrat ist Verrat

VERRAT IST VERRAT

Die ganze Nacht wartete ich auf den erlösenden Donner, den Donner, der dem letzten Blitz folgen mußte, der den Sturm erschlagen hatte. Ich hoffte, daß er Arts dunkles Geheimnis aus meinem Kopf herausjagen würde. Doch der Donner blieb aus, und statt dessen tobte der Sturm jetzt in meinem Kopf.

Was sollte ich tun? Sally würde bald kommen, das wußte ich jetzt, und bei diesem Gedanken mußte ich lachen. Mir wurde ganz warm. Wie würd ich mich freuen, sie wiederzusehen, ihre Stimme zu hören ... doch das durfte ich nicht.

Sally war in Gefahr!

VERRAT

Ich war der Köder für sie. Man wollte sie töten, und wenn ich ihr helfen würde, wär das mein Tod. Das hatte die Hexe mit dem blinden Auge gesagt: „In ihrem Lächeln, Michael, lauert dein Tod."

Aber dieses Lächeln war auch das Leben.

Mein Leben.

Und mehr!

Ich mußte sie warnen. Jetzt mußte ich Sally beschützen, so wie sie mich beschützt hatte.

Aber warum?
Was hatte sie mit dem Ganzen zu tun?
Woher wußte die Hexe überhaupt, daß es sie gibt, und

WOHER WEISS SALLY WER?

woher wußte Sally, wer Galahad ist?
Ja, jetzt fiel es mir ein: Auf dem Friedhof in Lisdoonvarna hatte sie mich gefragt, wer mein Lieblingsheld ist, und als ich ihr geantwortet hatte, daß ich sehr gern wie Galahad wär, reagierte sie so, als ob sie ihn kannte:
„Nein. Sei froh, daß du anders bist", sagte sie ernst, und dann lachte sie. „Galahad kann nicht schreiben, weißt du? Erst recht keine Liebesgedichte."

Verflixt! Woher wußte sie das? Und, verflixt, warum war Sally so wichtig, daß jemand gleich zwei Killer auf sie angesetzt hatte?
Wer war dieser Jemand und in welche Geschichte war ich geraten?

Oder, nein, halt! Das wollte ich gar nicht mehr wissen. Ich mußte nur fliehen. Ja, das war die Lösung: Ich mußte mich verstecken, wo mich niemand mehr fand, und dann wären Sally und ich gerettet.

DIE ANDEREN WARTEN DRAUSSEN!

Gegen fünf fiel ich endlich in einen unruhigen Schlaf, einen Schlaf, in dem ich den Sturm und die Angst nicht vergessen konnte, und knapp eine Stunde später wurde ich von einem Klopfen geweckt.

Ich stand tapsig auf. Ich torkelte zum Fenster, lugte hinaus und erschrak mich zu Tode. Peter schlug mit der Faust gegen das Glas, daß es im Fensterkreuz knirschte.

„Mach auf, Michael!" rief er und als ich gehorchte, sprang der elfjährige Junge durch das kleine Fenster ins Haus.

„Du mußt weitererzählen!" forderte er. „Ich hab die ganze Nacht nicht geschlafen."

„Ach, wirklich?" fragte ich mürrisch.

„Ja!" schoß Peter zurück. „Und das ist gar nicht lustig." Er gähnte und streckte sich und setzte sich an den Tisch. „Ich hatte Angst, ich hab mir Sorgen gemacht und ich bin absolut fertig."

„Aha. Und was ist mit den anderen?" wehrte ich mich. „Muß ich denen dann alles noch einmal erzählen?"

„Nein", sagte Peter, stand auf und begann, den Schrank zu durchsuchen. „Die stehen alle draußen vor der Tür und warten nur darauf, daß du sie endlich hereinläßt. Sie haben auch nicht geschlafen und sie sind alle da. Ach ja, und Art war der erste. Der Kerl sieht echt Scheiße aus."

Er drehte sich ungeduldig zu mir herum.

„Was ist?" fragte er. „Soll ich die Tür vielleicht öffnen?" Doch bevor ich antworten konnte, tat er es schon. „Oh Mann, ich halt es nicht aus. Aber dann machst du Frühstück und wach endlich auf. Wir haben nur zwei Stunden Zeit. Dann fängt die Schule an."

„Und bis dahin müssen wir die Spinne besiegen", rief Collin und flutschte als erster an Peter vorbei.

„Ja, wenn es überhaupt eine Spinne ist", fügte sein Zwillingsbruder hinzu.

Eines nach dem andern drängten sich die Kinder herein. Molly und Sarah waren noch ungeschminkt, Sean, Sinnead und Paula machten einen Knicks oder Diener und der dunkle Art drückte sich neben der Tür an die Wand. Er schaute beschämt auf den Boden.

„Mann, hab ich einen Kohldampf", stöhnte Alfred und wuchtete seinen Walroßbauch auf die Bank hinter dem Tisch.

„Und ich erstmal!" grinste Peter wie ein frecher Pirat. „Komm, Ryan, setz dich zu mir! Falls du Schiß kriegen solltest." Er lachte und zog ihn zu sich auf den Schoß.

Dasselbe tat Alfred mit seiner Schwester, und dann lagen alle Blicke auf mir.

„Okay", lachte ich und ging kopfschüttelnd zum Ofen. Ich setzte Kaffee auf und kochte Kakao. In den Topf, den ich hatte, paßten mindestens viereinhalb Liter. Ich nahm altes Brot, ließ es in Milch und Ei quellen, stellte Honig und Sirup zu den Kids auf den Tisch und briet einen Berg Armer Ritter.

„Wo sind Doldfinder und ... wo ist To-Tahla?" hörte ich, wie Rachel mich fragte, als wär das ein Zauberspruch, der uns vor allem Bösen beschützt. Dann war ich schon fort, weit fort und ganz tief in den Katakomben der Kurzen.

UND DORT

an dem wohl sichersten Ort, den es in Drachenherz gibt, schlief Ko-Kahla-Bold den Schlaf, den sie nach den Strapazen von Wildernacht, dem Giftstachelstich des Rochenwarans, dem Beinah-Verdursten und dem Drachentraumrausch unbedingt brauchte. Sie schlief wie ein Stein, der in den tiefsten Graben eines Ozeans fällt, und sie wachte erst auf, als ihr die kleine Goldfinger mit einer behutsamen Zärtlichkeit, die Ko-Kahla-Bold schon seit Jahrhunderten nicht mehr erfahren hatte, den Schorf von der häßlichen Echsenhaut wusch, die ihren Schädel und ihr Gesicht wie ein Ekzem überzog.

Das Schlawinermädchen wurde von der Liebe geweckt und von Goldfingers wilden Locken. Die kitzelten sie an Nase und Ohren, und als Ko-Kahla-Bold die Augen aufschlug, lächelte sie, als hätte sie noch nie etwas Böses gesehen.

„Guten Morgen, mein Engel", sagte Ko-Kahla, obwohl es schon Mittag war, und die kleine Goldfinger glaubte ihr das.

Obwohl sie doch nur eine Kurze war und dazu eine Schickse, ein elternloses Mädchen ohne Stammbaum und Zukunft, strahlte ihr Spiegelbild in dem lächelnden und schmeißfliegengrünen Glanz von Ko-Kahlas Augen wie das Bild eines Engels, und die armselige Höhle, in der sie hauste, wurde zu einem kleinen Palast.

„Hast du Hunger und Durst?" Goldfinger griff in ein Loch in der Wand und zauberte mit einer Geste, die eines Magiers würdig war, zuerst eine Handvoll Pralinen und dann ein halbvolles Glas Wein aus dem Felsen hervor. „Das ist vom Geburtstagsfest. Ich hab's schlawummst und gewuselt."

„Schlawummst und gewuselt?" fragte Ko-Kahla.

„Ja, ähm, ich meine, ich hab es stibitzt ... gestohlen ... geklaut", druckst das Kurzenmädchen herum. Dann grinst sie verschmitzt: „Aber schlawummst und gewuselt hört sich nicht ganz so schlimm an."

„Das stimmt", nickt Ko-Kahla und probiert eine Praline, indem sie die Lippen schürzt und das kleine Stück Schokolade wie eine Spitzmaus mit den Schneidezähnen benagt.

„Und?" fragt Goldfinger und leckt sich die Lippen.

„Sie ist ein Gedicht", schwärmt das Schlawinermädchen und saugt die nußbraune Kugel mit einem „Pllp" ein.

„Und ich kann nicht genug davon kriegen."

Sie streckt beide Arme aus, grapscht die Süßigkeiten aus Goldfingers Handfläche und führt die erste Handvoll zum Mund, als sie die hungrigen Augen ihrer Freundin entdeckt.
„Oh!“ entschuldigt sie sich.
„Du mußt auch etwas essen. Hier.“ Sie hält ihr die Pralinen bereitwillig hin. „Du bist so freundlich zu mir und ich bin so unverschämt und denk nur an mich ... Aber ich habe die letzten hundert Jahre nur von Abfall gelebt. Dem Abfall der Tafelmänner auf dem Zwinger des Horns, in der Zuflucht der Schwester. Ich war unerwünscht da, und ich durfte nur bleiben, wenn man mich nicht bemerkt.“
„Dann ging es dir genauso wie mir.“ Goldfinger lächelt sie an und nimmt sich ein Stück Schokolade. „Wenn der Melonenträger erfährt, daß ich überhaupt existiere, schickt er mich hoch: nach draußen, zu den Reps und den Sekten.“
Das Kurzenmädchen wird plötzlich ganz ernst. Und es zittert ein bißchen, als wär es nervös. „Ich verstehe“, sagt Ko-Kahla und mustert das Mädchen. Kurzen, das weiß sie, darf man niemals vertrauen.

Sie streckt ihre Hand aus, die Hand mit den Krallen, die selbst Felsen zerschneiden können, und streicht Goldfinger eine Locke aus dem Gesicht.

„Aber dann sind wir hier sicher. Dann ist deine Höhle ganz bestimmt der sicherste Ort auf der Welt."

„Ja. Die kennt keiner", bestätigt Goldfinger. „Und die Schokolade macht Mut."

Sie läßt die Schokokugel auf der Zunge zergehen und Ko-Kahla-Bold tut dasselbe.

„Den Mut, den wir brauchen, um uns zu vertrauen. Weißt du, ich hab noch nie eine Freundin gehabt."

Goldfingers Augen beginnen zu leuchten. Ihre Locken tanzen um ihren Kopf. Jetzt ist die Kurze wirklich ein Engel. So schön und so leicht.

„Und du hast mich dazu ausgesucht?" fragt sie Ko-Kahla.

„Ja", nickt das Schlawinermädchen. „Und ich will niemand anderes haben."

Sie nimmt die nächste Praline und saugt sie ein. „Pllp" macht es noch mal, daß Goldfinger lachen muß. Dann trinkt Ko-Kahla den Wein.

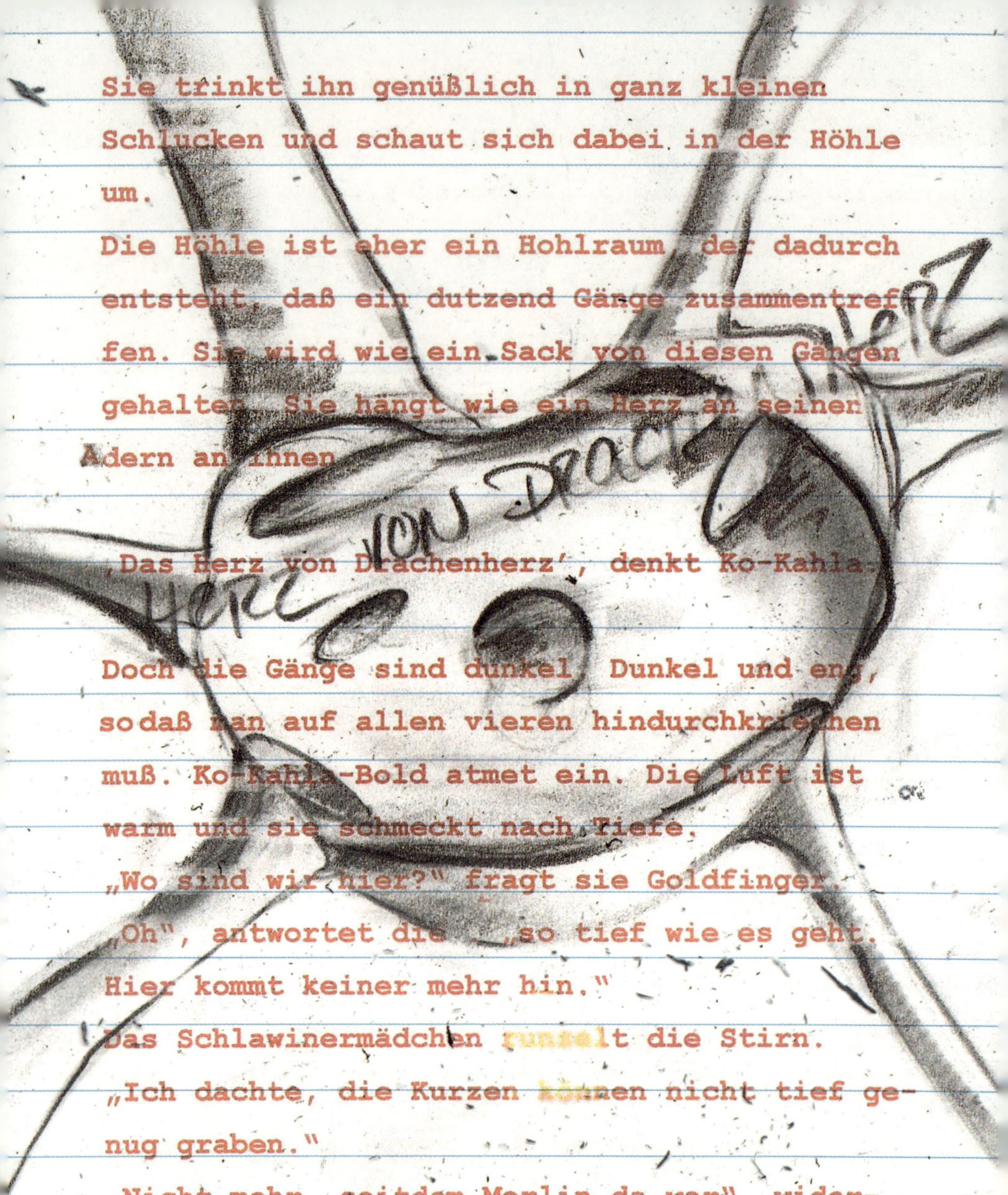

Sie trinkt ihn genüßlich in ganz kleinen Schlucken und schaut sich dabei in der Höhle um.
Die Höhle ist eher ein Hohlraum, der dadurch entsteht, daß ein dutzend Gänge zusammentreffen. Sie wird wie ein Sack von diesen Gängen gehalten. Sie hängt wie ein Herz an seinen Adern an ihnen.

‚Das Herz von Drachenherz', denkt Ko-Kahla.

Doch die Gänge sind dunkel. Dunkel und eng, sodaß man auf allen vieren hindurchkriechen muß. Ko-Kahla-Bold atmet ein. Die Luft ist warm und sie schmeckt nach Tiefe.
„Wo sind wir hier?" fragt sie Goldfinger.
„Oh", antwortet die, „so tief wie es geht. Hier kommt keiner mehr hin."
Das Schlawinermädchen runzelt die Stirn.
„Ich dachte, die Kurzen können nicht tief genug graben."
„Nicht mehr, seitdem Merlin da war", widerspricht ihr Goldfinger. „Seitdem ist alles anders geworden. Seitdem töten sich die Kurzen auch untereinander und seitdem gibt es Jäuster und Schicksen wie mich. Waisen."

erklärt sie Ko-Kahla-Bold. „Kinder, die keiner mehr haben will."

„Diebe unter Dieben. Gauner unter Gaunern", nickt das Schlawinermädchen. „Wesen, die nichts zu verlieren haben." Und: ‚Geborene Verräter', denkt sie für sich.

„Wie viele gibt es von euch?" fragt sie Goldfinger. „Wie viele Jäuster und Schicksen leben hier noch?"

„Ich hab keine Ahnung." Die Kurze hebt ihre Achseln. Sie schaut Ko-Kahla feindselig an. „Wir vertrauen uns nicht. Wir kennen uns nicht. Aber auf dem Fest, als alle geschlafen haben, waren sie da: vielleicht zehn Hände voll."

„Zehn Hände, denen man nicht trauen kann?" wiederholt das Schlawinermädchen, und obwohl sie bemerkt, daß etwas über ihr schimmert, etwas metallisch Goldenes in einem der Gänge, bietet sie Goldfinger die letzte Praline an: „Dann ist es ja um so wichtiger, eine Freundin zu haben."

„Magst du mich wirklich?" fragt Goldfinger ungläubig.

„Ich mag dich noch mehr", sagt Ko-Kahla ganz ernst. „Du bist das Herz, das in dieser Welt schlägt."

DU BIST DAS HERZ

In diesem Moment spürt Ko-Kahla die goldenen Blitze. Sie fallen über ihr aus den Gangenden heraus. Die Kurzenkrieger tragen goldene Alptraumfratzen als Helme und sie schlagen mit Holzknüppeln auf sie ein. Ein Dutzend von ihnen kann Ko-Kahla zählen, und bevor sie ohnmächtig wird, erhascht sie Goldfingers Blick. Die sitzt zusammengekauert in einem der Gänge.
„Es tut mir so leid", weint das Kurzenmädchen.
„Es tut mir so leid."

Und Rachel weint auch.
„Warum ist Doldfinder böse?" schluchzt sie, und ich schaue zu Art. Der steht im Halbdunkel neben der Tür und starrt auf den Boden.
„Das weiß ich nicht, Rachel", sage ich und zwing mich zu lächeln. „Aber vielleicht ist sie nicht böse. Vielleicht hat sie nur keine andere Wahl. Du weißt doch, sie ist noch sehr jung und sie hat keine Eltern.
Sie ist ganz allein."

„Nein!“ protestiert Peter. „Verrat ist Verrat.“ Er funkelt vor Zorn. „Und Verräter muß man bestrafen. Das weiß Galahad auch. Das weiß selbst Sean Dark. Komm, erzähl weiter, Michael, und Rachel, hab keine Angst. Galahad wird Ko-Kahla befreien.“

„Ja, aber nur wenn er die Zeit dazu hat.“

Alfred nimmt seine Schwester fest in den Arm. „Ihr habt die Spinne vergessen.“

„Ja“, sage ich, „Alfred hat recht.“ Ich schlage den Kakao, bis er cremig wird.

„Die Spinne ist da.“

Und die Spinne sieht alles. Sie hängt über der Kreuzung zweier unterirdischer Straßen und hat sich dort wie ein Relief an die Felsendecke geschmiegt. Eine dämonische Verzierung, von der es hier unten in Drachenherz Hunderte gibt. Doch den quarzschwarzen Augen entgeht keine Bewegung, und den Härchen, die ihren Körper bedecken, entgeht kein Geruch.

Sie riecht Galahad schon, bevor der in eine der Straßen einbiegt. Sein Mantel und seine schlohweißen Haare wehen hinter ihm her. Treuer Gefährte, der Schild seiner Mutter, schützt seinen Rücken, und der linke Arm hält Lancelots Helm, den Helm seines Vaters.

~~Zu kalt hier~~

Die rechte Faust ruht auf dem Griff seines Schwertes, und während Galahads Schritte von den Felswänden hallen – Ein Tafelmann macht nie etwas heimlich, ein Tafelmann geht geradeaus! – schreitet Sean Dark, die Dame von Wildernacht, absolut lautlos neben ihm her.
Die Sohlen ihrer Stiefel schmiegen sich wie Raubkatzentatzen an den Felsboden. Sie umschließen die Kiesel, die dort liegen, und sorgen dafür, daß sich keiner bewegt. Die Falten ihres Gewandes reiben nicht gegeneinander und die Perlen ihres Helms berühren sich nicht. Selbst der Hahn ihres Harpunengewehrs macht kein Geräusch, als sie ihn jetzt spannt, und so treten beide auf die Kreuzung unter der Spinne.
Dort bleiben sie stehen. Die breiten Straßen verlieren sich hinter dem Horizont, wenn es unter der Erde überhaupt so was gibt, und außer ihrem Atem hören sie nichts. Sean Dark schaut zur Decke. Sie betrachtet das Relief, und sie sieht die weiße Wolke, die aus ihrem Mund strömt.
„Es ist kalt hier. Zu kalt", sagt sie und Galahad nickt.

„Sie beobachtet uns", sagt er und er meint natürlich die Spinne.
Da hören sie Schritte. Metallstiefel marschieren über den Fels. Sie kommen tief aus der Erde, und eine endlose Minute später treten – nur knappe hundert Meter von ihnen entfernt – sechs Kurzenkrieger aus einem Gang auf die Straße, die zu ihrer Linken abzweigt. Sie tragen goldene Alptraumfratzen als Helme und an einer Stange auf ihren Schultern hängt – als wäre sie nichts anderes als ein erlegtes Tier – die reg- und leblose Ko-Kahla-Bold. Blut tropft von dem kreisrunden Mal auf ihrer Stirn auf den Boden, und Galahad umklammert den Griff seines Schwertes.
„Halt. Bleibt sofort stehen. Gebt das Schlawinermädchen heraus!" befiehlt er den Kurzen, und als die als Antwort nur in den Laufschritt wechseln, stürmt Galahad los.
Er verfolgt die Kurzen, die jetzt zu rennen beginnen, und obwohl er so alt ist, obwohl er – noch im Lauf – den Helm aufsetzen muß, obwohl er seinen Schild vom Rücken zieht und sein Schwert aus der Scheide, ist Galahad schnell. Er erreicht die Kurzen und mäht alle sechs nieder.

Er schleudert Schild und Helm gegen die Wand.
Er kniet sich zu Ko-Kahla-Bold auf den Boden.
Er schüttelt sie wie einen Sack.
„Komm. Wach auf, kleines Mädchen. Du darfst jetzt nicht sterben!"

„Ha, was hab ich gesagt!" Peter ballt beide Fäuste. „Rachel und Ryan, ich hab's euch versprochen. Jetzt wird alles gut."
Doch Rachel und Ryan hören ihn nicht. Sie glauben ihm nicht. Sie machen sich Sorgen, und sie haben recht.

Ko-Kahla liegt da, als wäre sie tot. Sie gibt kein Lebenszeichen von sich, auch nicht, als der Tafelmann ihre Fesseln durchschneidet. Und der hört das Sirren. Metall wirbelt durch Luft. Zwei dutzend Wurfsternklappmesser sausen auf Galahad zu, und der kann nichts tun. Es ist zu spät. Es sind zu viele Messer, und in seiner Vorstellung sieht Galahad schon, wie ihn die wirbelnden Klingen zerreißen.
Da steht Sean Dark neben ihm, und so wie sie im Badezimmer der Kurzen die Vampirvogelfedern mit ihrem Schwert längs des Federkiels teilte, wehrt sie jetzt die Wurfsterne ab.

„Ich brauch deine Hilfe!" herrscht sie Galahad an, und bevor die zweite Salve aus den Nischen und Seitengängen der Straße auf sie zuwirbeln kann, springt der Tafelmann auf.

Zwei, drei Angriffe wehren sie ab.

Doch dann streift eines der Messer Ko-Kahla-Bold. Galahad ist für einen Augenblick unkonzentriert. Da wird er getroffen. Der Wurfstern durchschlägt seinen Stiefel, als wär er aus Pappe. Galahad wankt.

Ein zweites und drittes Messer streifen seinen Arm, seine Brust.

„Willst du schon sterben?" rüttelt ihn die Wüstenkriegerin wach. Da rettet Galahad sie, indem er nur eine Handbreit vor ihrem Gesicht zwei der flinken Geschosse zerschlägt.

„Jetzt sind wir quitt!" sagt er, während er spürt, wie sich ein zweites Wurfmesser in seinen linken Oberarm frißt. Doch Sean Dark lacht ihn aus: „Quitt? Was meinst du damit: ‚Wir sind quitt', alter Mann?" Sie wehrt ein Geschoß nach dem anderen ab. „Schau deine Narben an: Deine Art von Romantik ist lebensgefährlich. Wir schulden uns nichts."

Dann zuckt sie zusammen. Einer der Sterne reißt ihre Schulter auf, und die beiden nächsten und letzten der sirrenden Klingen hätten sie auf der Stelle getötet. Doch Galahads Schwert holt sie aus der Luft.

„Wir schulden uns nichts", wiederholt Sean Dark in der Stille.

Dann warten beide gespannt. Ihr Atem hallt von den Felswänden wider und ihr Schweiß vermischt sich mit ihrem Blut.

„Wie oft und wo?" fragt Galahad trocken.

„Einmal, an der Schulter", lautet Sean Darks trockene Antwort. „Das ist anderthalb mal weniger, als es dich erwischt hat."

Galahad überhört ihren Spott. „Und, wird dein Schwertarm schon taub?"

Die Dame von Wildernacht umfaßt den Narwalhornelfenbeingriff ihres Schwertes noch fester. „Hättest du deinen Schild nicht einfach so weggeworfen, ginge es uns jetzt vielleicht besser."

Sie beißt die Zähne zusammen, doch sie kann ihr Schwert nicht mehr halten. Die junge Frau wankt.

„Reiß dich zusammen!" raunt ihr der Tafelmann zu. „Die Kurzen sind vorsichtig.

So vorsichtig, wie es ihre Größe verlangt. Sie greifen nicht an, wenn sie nicht gewinnen können."

Der alte Ritter tritt einen Schritt vor. Blut quillt aus seinem Stiefel. Es fließt aus der Wunde am Oberarm und tropft von der Hand.

„Könnt ihr mich hören?" spricht er laut, aber ruhig. „Hört ihr mich alle, ihr Hüter der Träume? Mein Name ist Galahad. Ich bin Lancelots Sohn, der Sohn von Genevra. Ich bin der Schüler von Merlin, dem Vater der Zeit, und ich habe den drei Wilden Frauen des Feuers die Treue geschworen. Ich bin der Diener des Drachen und das ist sein Schwert: die Schwester Excaliburs."

Galahad hebt die Waffe über den Kopf. Die Klinge glüht rot und sie beginnt jetzt zu lodern.

„Drachentod heißt sie. Ihr kennt ihren Namen und ihr wißt, daß sie jeden erschlägt, der die Ordnung bedroht. Die Ordnung, die dazu da ist, das Leben zu schützen."

Der Ritter sticht zu. Mit aller Kraft sticht er das Schwert in den Boden. Die Klinge dringt in den Stein, als wäre er Wachs und dann birst der Fels. Ein Riß, zwei Mannslängen breit und

unendlich tief, zieht einen Kreis um Sean Dark, Ko-Kahla-Bold und den Tafelmann, und die Kurzen, die sich in den Seitengängen verstecken, weichen erschrocken zurück.
„Bringt ihr mich jetzt zu Kurz Null Null Zero?" fragt Galahad ruhig. „Oder muß ich euch töten?"

Peter, Connor und Collin strahlen mich an. Ihre Augen leuchten vor Freude, und sie futtern den ersten Berg Armer Ritter, den ich auf den Tisch gestellt hab. Diese Geschichte ist nach ihrem Geschmack, und wenn sie es entscheiden könnten, dann müßte jeder ihrer Tage so wie Galahads Tag in Drachenherz sein.
„Das hier ist Drachentod." Connor hebt sein Messer. „Die Schwester Excaliburs. Und die tötet jeden, der sich ihr in den Weg stellen will."
Er sticht mit dem Messer in den Turm aus gebackenen Toasts, spießt fünf Scheiben auf und verteilt sie an Collin und Peter.
„Komm, erzähl weiter", rufen die Jungen. „Laß uns auf Kurzenjagd gehen."
„Halt, warte, ich weiß nicht ..." hält mich Paula zurück.

„Wie kann Galahad das Leben beschützen, wenn er sechs Kurze auf einmal erschlägt?"

„Oh Mann, er hat es getan, um Ko-Kahla zu retten." Peter sucht kopfschüttelnd Hilfe bei Collin.

„Mädchen!" zischt der. „Die wollen immer nur reden."

„Nein!" schießt die sonst so brave Paula zurück. „Ich hasse Gewalt! Und Ko-Kahla ist tot."

Sie erschrickt und schaut zur entsetzten Rachel.

„Oh nein! Ich mein nur: vielleicht ist sie das. Ich mein, damit müssen wir ganz vielleicht rechnen. Aber darum geht es nicht. Die Spinne ist böse, Michael, und ich hab gedacht: Galahad will die Kurzen beschützen? Er will keinen Krieg."

„Das stimmt", sage ich. „Aber die Kurzen haben ein anderes Ziel. Sie wissen nichts von der Spinne." Und die beobachtet jetzt, wie die alptraummaskierten Krieger ihre Verstecke verlassen. Sie treten aus den Nischen und Seitengängen heraus. Sie richten ihre Lanzen auf Galahad und legen die langen, zur Sichel geschwungenen Spitzen – Aufschlitzerhaken heißen sie bei den Kurzen – auf seine Brust.

„Bei Merlin, dem Guten", sagt der erste von ihnen. „Zähme dein Schwert, dann bringen wir dich und die anderen zu Zero."
Galahad mustert die kleinen, goldenen Krieger, von denen er weiß, daß sie genauso grausam wie vorsichtig sind. Dann hebt er sein Schwert. Er schiebt mit ihm die Sichelspitzen der Lanzen zur Seite. Er wischt das Blut von Drachentod ab. Er sieht die Augen hinter den Masken.
„Das war Kurzenblut", sagen sie stumm. „Dafür wirst du irgendwann sterben."
Und Galahad nickt. „Ich weiß", sagt sein Nicken, „das weiß ich, seitdem ich zwölf Jahre alt war." Dann schiebt er Drachentod zurück in die Scheide.
Die Kurzen legen ihre Lanzen über den Graben. Sie bauen aus ihnen eine provisorische Brücke, und als Galahad sie mit Ko-Kahla-Bold auf dem Arm hinter Sean Dark überquert, atmet er auf. Er spürt den leisen Atem des Mädchens. Er spürt ihn an seinem Hals.

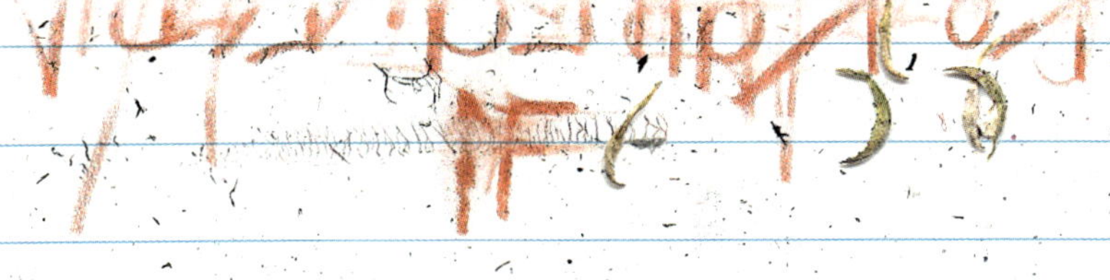

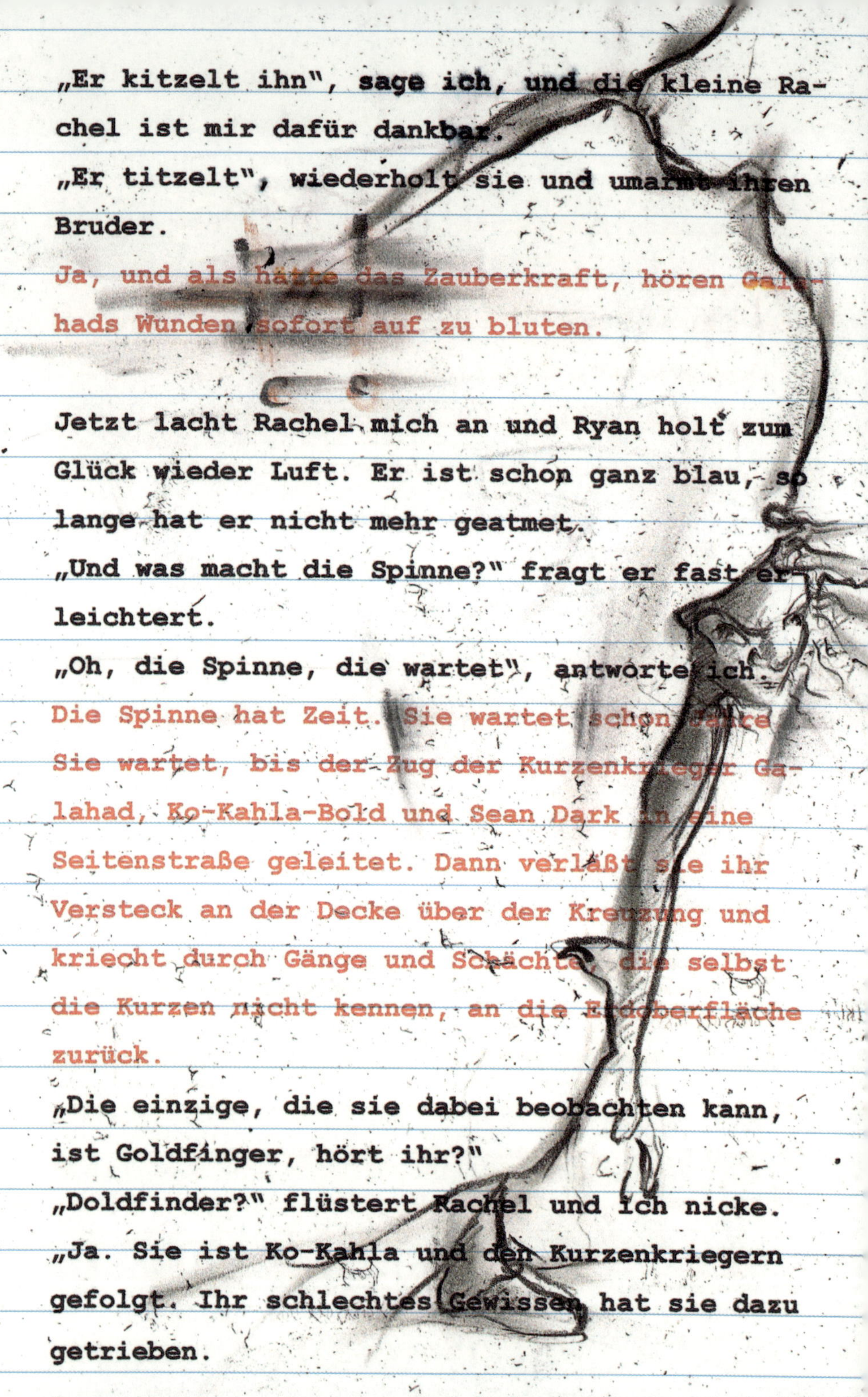

„Er kitzelt ihn", sage ich, und die kleine Rachel ist mir dafür dankbar.

„Er titzelt", wiederholt sie und umarmt ihren Bruder.

Ja, und als hätte das Zauberkraft, hören Galahads Wunden sofort auf zu bluten.

Jetzt lacht Rachel mich an und Ryan holt zum Glück wieder Luft. Er ist schon ganz blau, so lange hat er nicht mehr geatmet.

„Und was macht die Spinne?" fragt er fast erleichtert.

„Oh, die Spinne, die wartet", antworte ich.

Die Spinne hat Zeit. Sie wartet schon lange. Sie wartet, bis der Zug der Kurzenkrieger Galahad, Ko-Kahla-Bold und Sean Dark in eine Seitenstraße geleitet. Dann verläßt sie ihr Versteck an der Decke über der Kreuzung und kriecht durch Gänge und Schächte, die selbst die Kurzen nicht kennen, an die Erdoberfläche zurück.

„Die einzige, die sie dabei beobachten kann, ist Goldfinger, hört ihr?"

„Doldfinder?" flüstert Rachel und ich nicke.

„Ja. Sie ist Ko-Kahla und den Kurzenkriegern gefolgt. Ihr schlechtes Gewissen hat sie dazu getrieben.

eine Schickse!

Sie hat gesehen, wie Galahad sein Leben für das Schlawinermädchen riskiert hat, und dann, als alle weg waren, hat sie die Spinne entdeckt. Sie ist ihr gefolgt, bis sie die Erdoberfläche erreichten, aber dort hat sich Goldfinger dann nicht weitergetraut. Dort draußen herrschen die Reps und Sekten, und vor denen hat das kleine Mädchen eine unbeschreibliche Angst. Sie ist noch ein Kind, das dürfen wir nicht vergessen, und sie ist eine Schickse. Ihr wißt, was das heißt.

UND DESHALB

Und deshalb eilt die Spinne jetzt ungehindert auf ihren zehn langen Beinen über den Fels. Sie ignoriert die flachen, an den Boden geschmiegten Zelte, in denen sich die Herren von Wildernacht, der einäugige Aldrian und seine beiden Begleiter, auf der Suche nach ihrer Königin vor der Sonne verbergen, und stürzt sich dann an ihrem armdicken Faden in einen sich jäh vor ihr auftuenden Abgrund hinab.

Die Wand des Kraters, in den die Spinne hineinfällt, besteht aus zerfurchtem, einstmals geschmolzenem Stein. Irgendwas Heißes hat sich hier hineingefressen, so wie ein für eine dicke Kerze zu kleiner Docht. Der Krater ist hundert Meter tief oder noch tiefer und unten, auf dem inzwischen schon wieder vom Sand aus Wildernacht bedeckten Boden wirkt selbst diese ochsengroße Spinne hilflos und klein. Mißtrauisch schaut sie sich um. Die roten, senkrecht stehenden Schlitze ihrer Pupillen flitzen in den quarzschwarzen Augäpfeln hin und her, und die Härchen auf ihrem Körper filtern jeden Geruch.

Rechts von ihr strecken sich die drei muschelbewachsenen Masten einer spanischen Fregatte wie die Kreuze gefallener Riesen aus dem Boden heraus. Stoffetzen wehen an Skeletten von Planwagen, die die amerikanischen Siedler auf ihrem Weg nach Westen benutzten. Die Solarsegel von Satelliten drehen sich langsam im Wind, und über allem ragt – wie der Kopf eines mächtigen, stählernen Wals – die Schnauze eines Atom-U-Boots in den wolkenlosen Himmel hinein. Die Spinne kriecht in den Schatten des Wracks. Sie nippt an dem Stein, der dort, wo der Rumpf des Boots im Boden steckt, noch immer geschmolzen ist. Dann reibt sie die Beißzangen gegeneinander. Die Revolverzahnreihen dahinter drehen sich knirschend, und dann kreischt das Vieh wie ein Schwein.

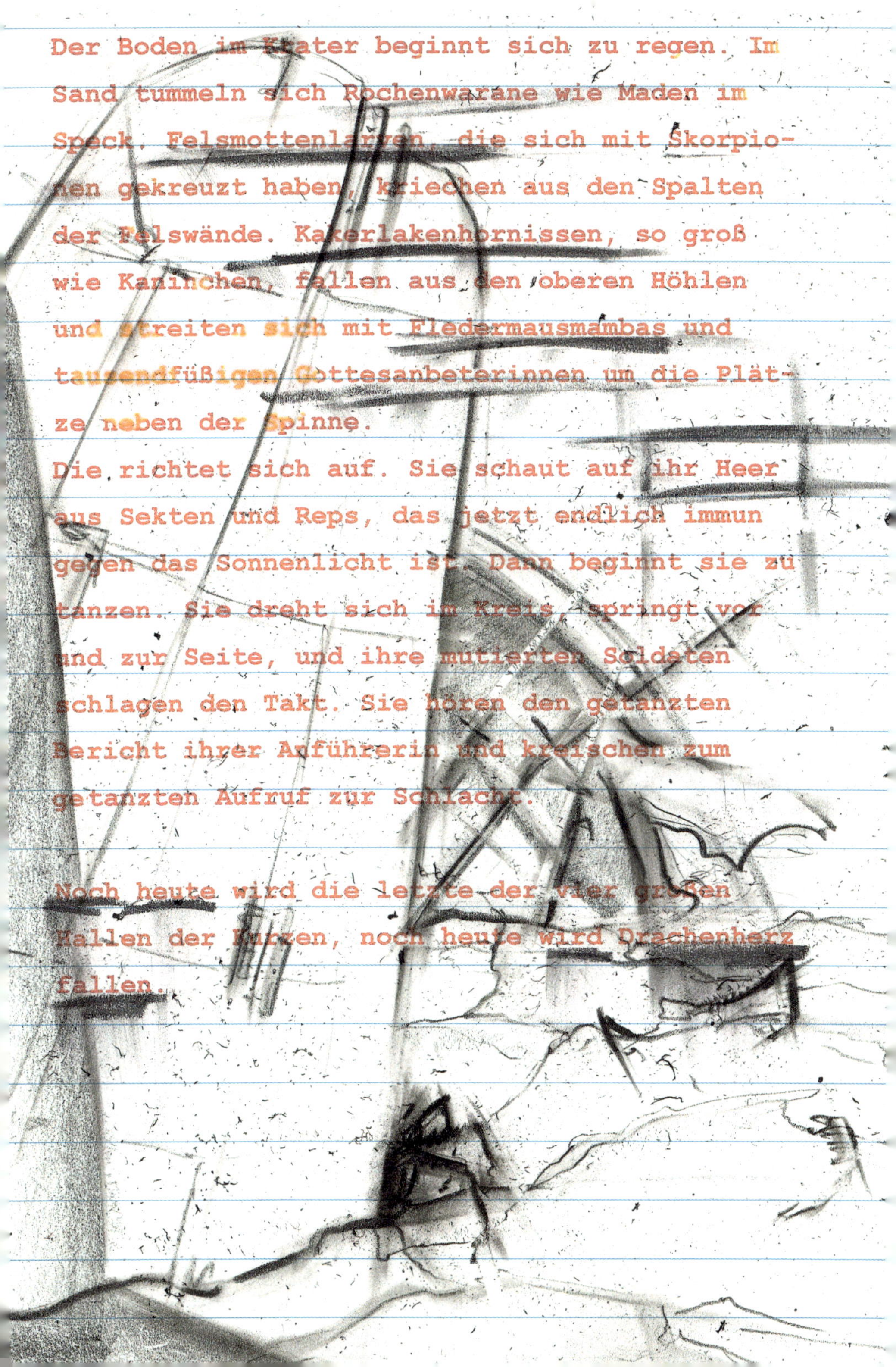

Der Boden im Krater beginnt sich zu regen. Im Sand tummeln sich Rochenwarane wie Maden im Speck. Felsmottenlarven, die sich mit Skorpionen gekreuzt haben, kriechen aus den Spalten der Felswände. Kakerlakenhornissen, so groß wie Kaninchen, fallen aus den oberen Höhlen und streiten sich mit Fledermausmambas und tausendfüßigen Gottesanbeterinnen um die Plätze neben der Spinne.

Die richtet sich auf. Sie schaut auf ihr Heer aus Sekten und Reps, das jetzt endlich immun gegen das Sonnenlicht ist. Dann beginnt sie zu tanzen. Sie dreht sich im Kreis, springt vor und zur Seite, und ihre mutierten Soldaten schlagen den Takt. Sie hören den getanzten Bericht ihrer Anführerin und kreischen zum getanzten Aufruf zur Schlacht.

Noch heute wird die letzte der vier großen Hallen der Kurzen, noch heute wird Drachenherz fallen.

Ich stelle den zweiten Berg Armer Ritter vor die Kinder auf den Tisch, doch keines von ihnen denkt jetzt ans Essen. Der Schock sitzt zu tief und hat ihre Augen in leere Höhlen verwandelt.

Deshalb verteil ich Kakao. Jeder bekommt einen großen Becher gegen die Angst,und alle, außer Art, der bei der Tür stehen bleibt, trinken ihn in einem Zug aus. Danach ist der viereinhalb-Liter-Topf leer. Ich hab keine Milch mehr im Haus, und trotzdem bricht keines der Kinder das Schweigen. So groß ist die Angst.

Dann - nach einer Ewigkeit - flüstert Alfred ganz leise: „Ein Loch. ... Eine undichte Stelle zwischen den Welten. Ja“, nickt er und wird etwas lauter. „Stellt euch vielleicht einen Wirbelwind vor. Oder das Auge eines Orkans. Er fegt über das Meer, er erfaßt die Fregatte und saugt sie nach Drachenherz. Später, einhundert Jahre später vielleicht, tobt so ein Orkan über die nordamerikanische Prärie. Er reißt die Planwagen mit und alles, was in ihnen ist, ja, und dann, nochmals hundert Jahre danach, kommt das U-Boot, doch der Reaktor schlägt leck und die Radioaktivität frißt sich in den Fels. Sie erschafft den Krater und die Spinne mit den zehn Beinen und sie läßt die Diener der Kurzen, die Käfer und Echsen, zu Reps und Sekten mutieren."

Die andern schauen ihn an.

„Zu Reps und Sekten mutieren", spottet der zehnjährige Sean. Er putzt seine Streberbrille, die vom heißen Kakao noch beschlagen ist, und setzt sie zurück auf die Nase. „Das hast du doch alles aus einem schlechten Sci-Fi. Radioaktivität kann Felsen nicht schmelzen, und selbst wenn sie es könnte, würd ich gern wissen, welcher Orkan die Sonnensegel der Satelliten vom Himmel geholt hat?"

„Ich weiß nicht", sagt Alfred ganz ehrlich und ruhig. „Aber auch ein schlechter Sci-Fi ist eine Geschichte. Und vielleicht werden alle Geschichten irgendwann wahr? Vielleicht vermischen sie sich wie die Welten?"

„Das ist doch Quatsch. Das ist viel zu phantastisch." Sean, der in Physik und Mathe der Primus ist, sieht plötzlich wie sein eigener Lehrer aus.

„Und warum bist du dann hier?" fragt Molly skeptisch. „Ich mein, ich bin dreizehn. Ich steh nicht auf dieses Jungszeugs." Sie nimmt ihr Messer und fuchtelt damit durch die Luft.

„Das hier ist Drachentod und es tötet euch alle." Sie straft Connor mit einem Blick, den er nur wegen seiner neun Jahre verkraftet.

Ein Teenager hätte sich vor Scham in Luft aufgelöst. „Ich steh nicht auf so was, aber ich zitter mehr als Arts Dad zittern kann, wenn er drei Tage keinen Pint gekriegt hat. Und du zitterst auch." Sie beugt sich zu Sean über den Tisch und zieht den Krawattenknoten seiner Schuluniform glatt. „Sei doch ganz ehrlich. Ganz tief in dir drin. Oder warum schielst du so auf den Becher von Art, als könnte nur der Kakao, der da drin vor sich hindampft, dein kleines Oh-das-ist-so'n-Quatsch!-Das-ist-viel-zu phantastisch!-Physik-und-Mathe-Streber-Leben noch retten?"

Sean wird kleiner und kleiner und klammert den Schulranzen an seine Brust, als könne er nur auf diese Weise verhindern, daß sein Kopf weiter schrumpft und durch den Hemdkragen flutscht, um zusammen mit seinem Herz in seiner Hose zu landen.

Da steht Art neben ihm.

Urplötzlich, als hätte er sich von der Wand neben der Tür zu uns herübergebeamt.

„Hier", sagt er und bietet Sean seinen Becher an. „Du kannst ihn haben."

DU KANNST IHN

Seine Stimme ist leise und freundlich und keines der Kinder hat sie bisher gehört.

„Oh, mein Gott!“ flüstert Sinnead und schaut zu Paula und Sean. „Wußtet ihr, daß ...?“

„Nein, ich freß einen Besen!“ fällt ihr Peter ins Wort.

Er wischt sich den Mund, als würde es dadurch irgendwie besser. „Der Schwarzkopf kann sprechen. Michael, ich brauch noch Kakao.“

„Und ich auch“, flüstern Molly und Sarah.

Alle halten sie mir ihre Tassen hin, doch ich schüttel den Kopf.

„Es gibt keinen mehr. Der Topf ist leer.“

„Dann ist das noch ein Grund mehr, meinen zu trinken.“ Art schafft es doch wirklich, ein wenig zu lächeln, und Sean wartet kein drittes Angebot ab. Er schnappt sich den Becher, so wie sich Ko-Kahla-Bold die Pralinen in Goldfingers Höhle gegrapscht hat, und leert ihn auf ex.

„Gut. Jetzt geht es dir besser“, sagt Art. „Und Molly hat recht. Es ist nicht so wichtig, wie der Krater entstanden ist. Es geht nur darum, ob die Spinne gewinnt.

Und die einzigen, die das verhindern können, sind wir. Ja, wir", wiederholt er, damit sie's auch glauben. „Oder was denkt ihr, warum uns Michael diese Geschichte erzählt, warum Geschichten überhaupt erzählt werden müssen?"
Die anderen schauen ihn an, und selbst ich gehe zum Tisch und setze mich hin.
„Weil wir, die sie hören, den Helden in den Geschichten unseren Mut geben müssen", fährt Art endlich fort, und Sean verschluckt sich nachträglich an seinem Kakao.
„Ohne uns können Galahad, Ko-Kahla-Bold und Sean Dark nicht überleben. Und wenn sie nicht überleben, kommt die Spinne zu uns. In unsere Welt."

Seine dunklen Augen sind jetzt noch dunkler und seine Haare stecken wie schwarze Stacheln in seinem Kopf.
„So ist das doch, Michael?" fragt er mich, und ich ahne den kalten Spott tief unter seiner freundlichen Stimme.
„Deshalb bleibst du doch hier. Du erzählst uns die ganze Geschichte. Du gehst doch nicht fort und ...?" bittet er mich und läßt den letzten Satz absichtlich offen.

„Du willst uns verlassen?" fragt Collin entsetzt, und ich sehe, wie das Grinsen um Arts Mundwinkel zuckt.
„Verrat ist Verrat", zitiert er jetzt Peter.
„Michael, was ist?"
„Warum willst du denn gehen?" fragen Molly und Sarah.
Und Art wiederholt nur: „Verrat ist Verrat."

Ich hasse den Jungen.

Ich sehe das Mundstück der Flöte, die er in der Innentasche seiner Jacke versteckt und die ihm die Frau mit dem Pferdeschwanz, die Fahrerin des schwarzen Fiat 500, gegeben hat, um die Hexen zu rufen. Um die Hexen zu rufen, wenn Sally da ist.

Damit sie sie töten.

Die Frau, die ich liebe, und die mich beschützt hat, die mich und mein Leben gerettet hat.

Die die Welt retten will. Ja, jetzt wußte ich es.

Und deshalb wollte ich gehen, abreisen, ich wollte heute verschwinden. Ich wollte sogar auf Sally verzichten, ich wollte darauf verzichten, sie jemals wiederzusehen. Doch jetzt hat dieser Mistkerl dafür gesorgt, daß ich bleibe.

Wie kann man mit zwölf Jahren nur so arglistig sein?

„Michael? Was ist?" rufen Collin und Connor. „Komm schon. Erzähl. Wir haben noch fünfzig Minuten." „Und wenn es noch länger dauert, ist das auch nicht so schlimm. In der ersten Stunde haben wir Reli", grinst Peter verschmitzt. „Das braucht doch kein ... Uhps!"
Er hält sich erschrocken die Hand vor den Mund.
„Nein", sage ich. „Religion tut euch heute vielleicht sogar gut."
„Wie bitte? Was?" protestieren die Kinder.
„Ja", sage ich. „Glauben ist manchmal so gut wie Kakao. Und damit es den heute nachmittag wieder ausreichend gibt, geh ich ins Dorf."
Ich gebe Collin und Connor einen Klaps auf den Kopf.

„Los. Ab mit euch", flachse ich. „Ab in die Schule. Und wenn ihr mit den Hausaufgaben fertig seid, kommt ihr zurück."

Dann steh ich auf. Ich gehe zur Tür und halte sie auf.

„Los, raus mit euch!" befehl ich jetzt strenger, doch die Kinder rühren sich nicht vom Fleck.

„Was ist, wenn du lügst?" fragt mich Peter argwöhnisch. „Und was sollen wir tun, wenn du in der Zwischenzeit türmst?"

„Dann habt ihr Pech gehabt!" motz ich ihn an. Ich pack mir den Bengel und trag ihn zur Tür.

„Laß mich!" ruft er.

Er boxt und tritt um sich.

„Ich geh hier nicht weg! Ich will nicht, daß die Spinne in unsere Welt kommt!"

Er packt meine Haare. Er reißt mir ein Haarbüschel aus und ich will ihn schon schlagen, da bekomm ich mich gerade noch mal in den Griff. Ich setze ihn ab.

„Es tut mir leid", sage ich und gehe vor ihm in die Hocke. Ich versuche ein Lächeln.

„Aber wenn ich abhauen würde, könnte ich nie wieder lachen und schlafen. Das müßt ihr mir glauben. Peter, Collin, Connor und Art."

Den letzteren schau ich jetzt ganz offen an. „Ich bin kein Verräter. Das verspreche ich euch."

Ich sag und mein das so ehrlich, wie ich nur kann. Doch die Kinder lassen sich Zeit. Sie mustern mich lange. Dann stehen sie auf, und dann geht eines nach dem anderen an mir vorbei aus dem Haus.

Der letzte ist Art. Er bleibt vor mir stehen. Er schaut, weil ich knie, auf mich herab. „Du bist kein Verräter?" fragt er mit seiner freundlichen Stimme, und als ich nicht antworte, nickt er ganz leicht.

„Nun, das werden wir sehen", sagt er und läßt mich allein.

11.06.1993

Eile!

Es war schon nach zehn, als ich endlich aufbrechen konnte, und ich zwang mich mit jedem Atemzug dazu, noch langsamer zu werden. Das hatte ich inzwischen auf meiner Reise gelernt:

Eile ist eine zweischneidige, eine doppelbödige Sache.
Sie verleitet einen dazu, Fehler zu machen.
Sie bringt einen in Situationen, in denen man Hilfe von anderen braucht, und sie erreicht auf der anderen Seite schlichtweg nur eins:
Sie beruhigt.
Sie beruhigt, indem sie die Angst betäubt.
Doch man braucht diese Angst.
Diese Angst ist die Wahrheit.

Und die Wahrheit darf man nicht übersehen. Man muß sie aushalten und erleiden. Nur so kann man wachsen und erwachsen werden und nur so kann man verhindern, daß das Böse gewinnt.

Eile ist wie die Zigarette, die dem Raucher vorgaukelt, daß er sich etwas Gutes tut, und wenn man in Eile handelt, ist es nicht besser, als ob man mit verbundenen Augen in den Ring steigt und boxt.

Das einzige, was einen in Ruhe versetzt, ist Entschlossenheit. Eine Ruhe, die sich anfühlt, als würde man in Zeitlupe handeln, und mit dieser Entschlossenheit verließ ich das Haus. Ich stieg die Böschung zur Straße hinauf und ging Richtung Süden. 12.30

11.06.1993

DIE SCHLINGE ZIEHT SICH LANGSAM ZU

Ich war auf der Hut, wie letzte Nacht, als ich mich mit der Axt in der Hand an der Straßenböschung versteckte. Ich schlug einen Bogen um Doolin und erreichte das Dorf schließlich über die Straße von Süden.

„Dulainn", las ich den alten gälischen Namen des Ortes auf dem vom vielen Regen verwaschenen Schild.

„Dulainn", sagte ich ehrfürchtig, leise. Ich spürte den Klang des Namens in meiner Brust, und als ich den Kanal vor dem Ort auf der alten Steinbrücke überquerte, konnten mich auch die quietschbunten Häuser nicht davon überzeu-

gen, daß ich noch in dieser Welt war: der Welt ohne Galahad, Wildernacht und die Spinne.

Ich ging die Straße an der Häuserzeile hinauf und kaufte im kleinen Supermarkt zehn Packungen Toastbrot, drei Dutzend Eier und zwölf Liter Milch.

Die Frau an der Kasse sah mich durch ihre Sonnenbrille stirnrunzelnd an.

„Kinder", sagte ich nur und zuckte die Achseln. „Sie kommen jetzt schon morgens vor der Schule zu mir." Ich versuchte ein Lachen. „Und wenn ich nicht aufpasse, ziehen sie bald bei mir ein."

„Ich weiß", sagte die Frau und lächelte freundlich. „Und wir fragen uns alle, wie Sie das ohne Frau schaffen. Sie sind doch noch alleine?" fragte sie grinsend, und dann raffte sie ihre offenen Haare in einem Pferdeschwanz zusammen, der sie genauso aussehen ließ wie die Fahrerin des Fiat 500.

Ich wurde ganz blaß und bemerkte erst jetzt, daß ich der einzige Kunde war.

„Hey!" lachte die Frau. „Das war kein Heiratsantrag." Sie tippte die Eier in die Kasse ein und nannte mir den Preis für die Ware.

Ich riß mich zusammen. Ich zahlte, packte alles ganz ruhig in vier Tüten und ging dann zur Tür.

„Es sei denn", lachte sie hinter mir her, „wir treffen uns heute nacht und Sie schreiben für mich ein Gedicht."

Ich blieb stehen.

Ich drehte mich um und schaute ihr in die Augen. Sie hatte die Sonnenbrille auf die Stirn hochgeschoben und ihre Augen waren - das sah ich jetzt - blind. Doch als ich mein Portemonnaie in die Tasche steckte, faßte sie sich unter den Rock.

„Nein", sagte ich. „Ich kann nicht. Es tut mir sehr leid. Aber wie Sie wissen, bin ich schon vergeben."

Ich zog meine leere Hand aus der Tasche heraus.

„Schade", sagte sie mit gespielter Enttäuschung, zog die Hand unter dem Rocksaum hervor und legte ein Messer, das dem der blinden Hexe zum Verwechseln ähnlich sah, vor sich auf die Geldschale.

„Aber vielleicht ändert sich das ja noch mal. Wissen Sie?" flachste sie, als würde das Messer dort gar nicht liegen.

Warum bist du noch

„Wissen Sie, Michael, ich glaube daran: wenn man bereit ist, auf die Dinge zu warten, dann kommen sie auch."

Ich floh auf die Straße.

Ich floh zwar mit Ruhe und ich bewahrte mit Sicherheit auch mein Gesicht. Aber ich floh und ich lief kreuz und quer und im Kreis durch die wenigen Straßen, die es in diesem Ort gab.

‚Warum bist du noch hier? Warum läufst du nicht weg? Warum suchst du nicht Hilfe?' waren die Fragen, die durch meinen Kopf schossen und auf die es keine Antworten gab.

‚Wie willst du Sally beschützen?
Wie willst du das schaffen, mit drei Dutzend Eiern, zehn Toastbroten, zwölf Litern Milch und einer alten rostigen Axt, ach ja, und zwölf Kindern als deinen Gefährten?'

Ich wachte erst auf, als ich bestimmt schon zum fünften Mal bei O'Connor's vorbeikam, einem der drei Pubs, die es in diesem Nest gibt. Ich hörte Musik, Livemusik, schon zu so früher Stunde, und weil die Fragen in meinem Kopf herumrasten, erkannte ich die Stimme, die sang, nicht sofort. Ihre Stimme.

Zwei Herzschläge später stand ich im Schankraum. Ich stand vor Sally. Die vier Tüten aus dem Supermarkt schnitten mir tief in die Finger, doch ich hörte nur, wie sie sang.

„Nothing compares to you" von Sinead O'Connor und Prince, doch es klang so, als hätte sie das Lied gerade erst erfunden.

Es klang wie das erste Mal.

„Hallo", begrüßte sie mich, als sie fertig war. „Ich dachte, du kommst gar nicht mehr rein. Ich hab dich schon dreimal vorbeilaufen sehen."

Ich wurde knallrot.

„Aber jetzt bist du ja da und wir können gehen." Sie packte ihre Geige in den Koffer, nahm ihren Rucksack und ging mit beidem zur Tür.

„Oder willst du nicht, daß ich bei dir wohne?" Sie grinste mich an.

„Ich meine natürlich nur, falls mir dein Gedicht auch gefällt."

„Hey, Michael!" rief der Wirt, als ich mich noch immer nicht rührte. „Diese Frau ist 'ne Fee. Sie ist die Königin aller Feen, und wenn du nicht willst, daß sie dich für 'n Schisser hält, dann solltest du jetzt mit ihr gehen."

Draußen auf der Straße war dann alles ganz leicht. Der Wind, der vom Meer kam, war so wie ihr Lachen, und mir ging es gut, obwohl ich mehr als sehr aufgeregt war. Ich erzählte Sally, was in den Tagen nach der Hochzeit in Lisdoonvarna passiert war. Die Nächte behielt ich erst mal für mich. Ich erzählte vom Cottage und meinen zwölf Kindern und bemerkte nicht, wie ich dabei alle Vorsicht vergaß.

Doch das, das weiß ich jetzt, ist der Nachteil vom Glück.

Ich sah nicht, daß der schwarze R4 in der Toreinfahrt stand, als wir sie lachend passierten, und ich sah auch nicht das schwarze Goggomobil, es war ein Coupé, das wie ein Stein aus den nahen Burren schräg auf der Hügelkuppe vor dem Dorfeingang lag. Dabei blitzte sein nierenförmiger Kühler im Licht.
Und weil ich's nicht sah, verließen Sally und ich das Dorf Richtung Norden. Wir gingen auf der Straßenböschung entlang und erreichten die kleine Erhebung, die mein Cottage für die Leute aus Doolin unsichtbar macht, als wir den 173-Kubikzentimeter-Einzylindermotor hinter uns hörten.

WIR WIR WIR WIR

Wir drehten uns um und sahen den schwarzen Messerschmidt-Kabinenroller mit dem verspiegelten Cockpit. Er fuhr in Schrittgeschwindigkeit hinter uns her.
„Schau dir den an!" lachte Sally. „Das muß Spaß machen, in so was zu fahren."
„Ja", lachte ich und hoffte, daß sie meine Angst in diesem Lachen nicht spürte. „Und der da ist auch nicht schlecht."
Ich zeigte nach vorn und dort erschien jetzt, während wir die kleine Bodenwelle erstiegen, neben dem Baum, der im Sturm gebrannt hatte, ein pechschwarzes Bubble Car.
Die schwarze BMW Isetta verschluckte das Licht wie ein Loch in der Straße, und im Geist zählte ich: Fünf. Jetzt waren es fünf: der R4, der Fiat 500, das Goggomobil, der Messerschmidt-Kabinenroller und die Isetta.
„Kennst du die?" riß mich Sally aus meinen Gedanken. „Kennst du die Leute, denen diese Autos gehören?"
Da drehte die Isetta ab und verschwand Richtung Norden und als ich mich umdrehte, als ich über die Erhebung zurücklief, um nach dem

Kabinenroller zu sehen, fuhr der schon längst wieder Richtung Doolin zurück.

„Ist alles in Ordnung?“ fragte mich Sally.

Über die Bodenwelle hinweg sah ich nur ihren Kopf.

„Hey Michael? Was ist? Was ist mit dir los?“

„Nichts“, sagte ich. „Nichts.“

Ich hob die Achseln.

„Nicht, wenn du mir sagst, woher du weißt, wer Galahad ist?“

„Oh.“ Sie holte Luft und ich sah, wie sich ihre Pupillen vor Staunen vergrößerten.

„Die jagen mich? ... Oh Mann, war ich dumm.“

Sie hob die Hände. „Es tut mir leid, aber ich hab nicht gewußt, wie nah sie schon sind.“

„Weißt du, wie viele es sind?“ fragte ich sie.

„Ja“, sagte sie und holte ein zweites Mal Luft. „Neun. Es sind neun und sie sind sehr böse.“

„Dann fehlen noch vier“, kommentierte ich trocken, und als wäre das eine gute Nachricht, entstand ein Lächeln auf Sallys Nase.

Es war das Lächeln, das ich so liebte. Es entsprang auf dem Nasenrücken, in einem leichten Kräuseln der Haut und warf die Sommersprossen in ihrem Gesicht so durcheinander, daß sie wild herumstieben konnten wie goldene Mücken im Abendlicht.

„Dann haben wir Zeit", lächelte Sally mich an. „Zeit, um das Cottage zu sehen und das Gedicht. Komm, zeig es mir Michael", grinste sie. „Komm schon, na komm!"

Dann rannte sie los.

11.06.1993

Ich rannte ihr nach. Ich sprang die Böschung hinunter und kurz vor dem Cottage überholte ich sie. Trotz der vier Tüten, die in meine Finger einschnitten. Ich stieß die Tür auf und während wir in den Innenraum stürzten, schoß es mir durch den Kopf:

‚Die Tür war nicht abgeschlossen. Vielleicht sind sie hier!'

Doch ihre Umarmung ließ mich alles vergessen. Wir küßten uns so, als müßten wir, wenn wir aufhören würden, auf der Stelle ersticken, und als sie erkannte, daß meine Finger noch taub waren von den Griffen der Plastiktüten, zog sie mich aus.

Sie zog sich aus, und dann spürten wir uns mit unseren Körpern, mit unserer Haut und mit unseren Augen. Ich sah mich in ihnen, so wie sich Goldfinger in Ko-Kahlas Augen gesehen hatte, und ich versank in dem Grün. Ich fühlte, wie das Gefühl in meine Finger zurückkehrte, ich fühlte die feinen Härchen, die auf ihrer Haut wehten, und ich spürte, wie sie mich mit ihrem Atem durchdrang. Sie atmete für mich, sie lachte für mich, und dann nahm sie mich mit in eine andere Welt.

Um mich herum wuchsen riesige Bäume, uralte Bäume und ihre mächtigen Kronen verwandelten den Himmel in ein flirrendes, goldgrünes Meer. Ich flog durch das Meer. Ich flog mit Sally zusammen, und als wir die Wipfel der Bäume durchstießen, sah ich den Zwinger des Horns, die Zuflucht der Schwester.

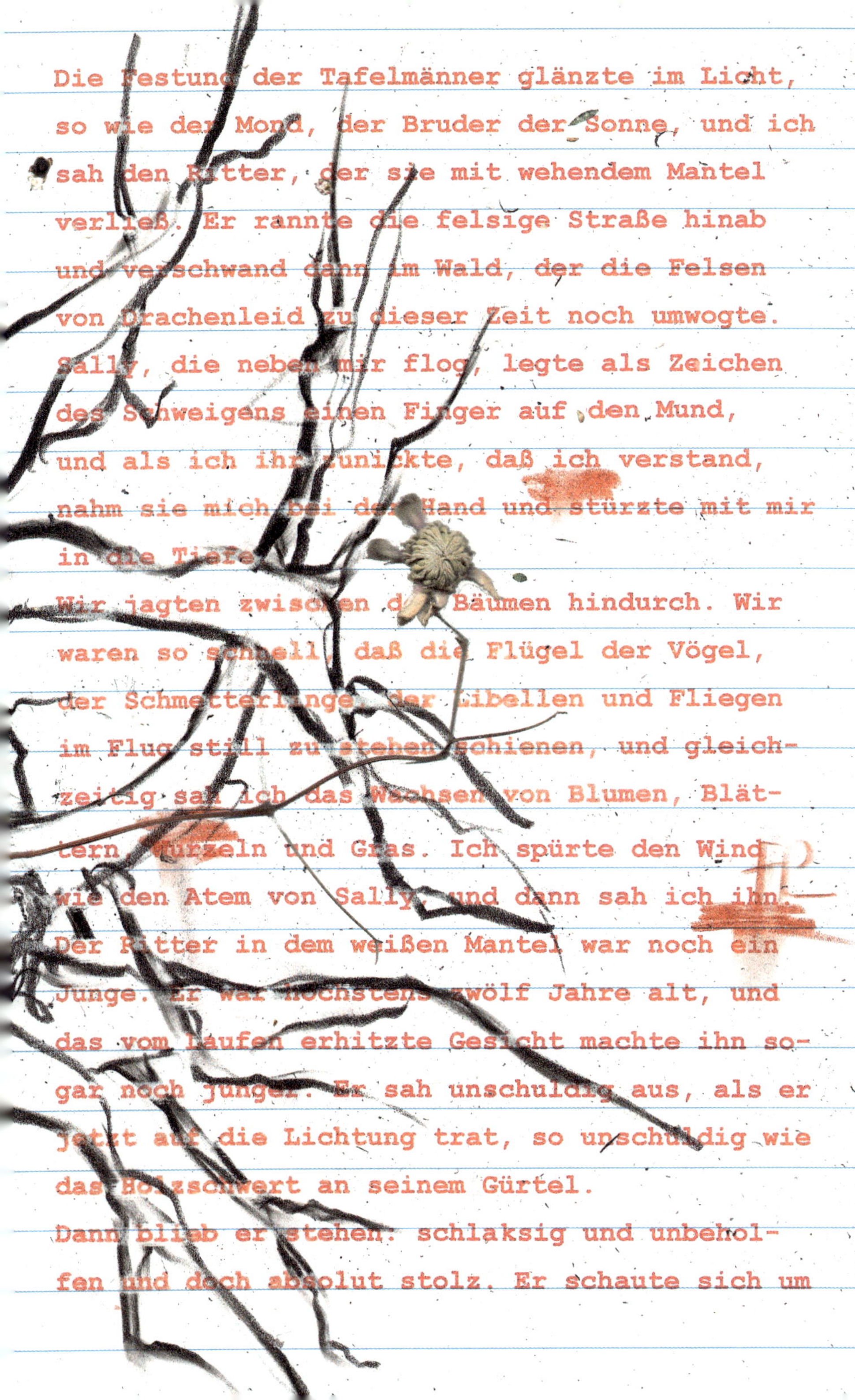

Die Festung der Tafelmänner glänzte im Licht, so wie der Mond, der Bruder der Sonne, und ich sah den Ritter, der sie mit wehendem Mantel verließ. Er rannte die felsige Straße hinab und verschwand dann im Wald, der die Felsen von Drachenleid zu dieser Zeit noch umwogte. Sally, die neben mir flog, legte als Zeichen des Schweigens einen Finger auf den Mund, und als ich ihr zunickte, daß ich verstand, nahm sie mich bei der Hand und stürzte mit mir in die Tiefe.

Wir jagten zwischen den Bäumen hindurch. Wir waren so schnell, daß die Flügel der Vögel, der Schmetterlinge, der Libellen und Fliegen im Flug still zu stehen schienen, und gleichzeitig sah ich das Wachsen von Blumen, Blättern, Wurzeln und Gras. Ich spürte den Wind wie den Atem von Sally, und dann sah ich ihn.

Der Ritter in dem weißen Mantel war noch ein Junge. Er war höchstens zwölf Jahre alt, und das vom Laufen erhitzte Gesicht machte ihn sogar noch jünger. Er sah unschuldig aus, als er jetzt auf die Lichtung trat, so unschuldig wie das Holzschwert an seinem Gürtel.

Dann blieb er stehen: schlaksig und unbeholfen und doch absolut stolz. Er schaute sich um und seine Augen glänzten vor Freude, als er ihre Stimme vernahm.

„Galacha'ad."
begrüßte sie ihn, und obwohl sein Name in ihrer Sprache immer noch fremd für ihn klang, schenkte er ihr doch sein ganzes Vertrauen.

Ihr, das war Sally Wild Blanche, die Stimme der Lichten.
Die Schwinge des Windes nannte man sie. Ihre Haare, die so rot waren wie die untergehende Sonne, züngelten wie Flammen um ihr Gesicht. Sie flossen in einem Wasserfall aus Feuer an ihr hinab auf den Boden,und ihre Kleider wehten als grünes Licht hinter ihr her. So grün

wie die sonnendurchschienenen Blätter der Bäume, nein, wie ihre Augen so grün, und die hatte ich schon mal gesehen.

Vor 1500 Jahren, vor und nach der Schlacht gegen die zwölf Söhne des Nebels, leuchteten sie grün durch die engen Schlitze ihres Visiers. Doch ihr Gesicht blieb damals verborgen, und jetzt sah ich es endlich. Jetzt sah ich es, hier, während ich langsam erwachte, während ich langsam begriff, wo ich war, während der Schweiß zwischen uns unsere Haut schmatzend kühlte ...

„Nein", raunte ich atemlos.

„Nein. Bist du's wirklich?" fragte ich sie. Ich konnte meine Freude einfach nicht fassen und sie, sie lachte mich aus.

„Bist du wer?" lachte sie und stieß mich zur Seite.

Sie wälzte sich auf mich und schaute mich an. „Hast du jemals daran gezweifelt?" fragte sie lachend. Dann wurde sie ernst.

„Hast du jemals Zweifel gehabt?"

„Nein", schluckte ich. „Nein. So wahr ich dich liebe."

SO WAHR ICH DICH

Liebe

Ich berührte sie vorsichtig, ganz leicht und behutsam, nur mit den Fingerspitzen berührte ich sie. So groß war die Angst, daß sie dadurch wie eine Seifenblase zerplatzen könnte.
„Du bist 1500 Jahre alt", flüsterte ich und wollte und konnte es einfach nicht glauben.
„Nein. Ich bin noch viel älter", lächelte und flüsterte sie.
Dann verengten sich ihre Augen.
„Was ist?" fragte sie.
„Seh ich vielleicht noch älter aus? Na los. Komm, sag's schon: Ich seh älter aus als ich bin."
Sie zwickte und knuffte mich, bis ich sie packen konnte und küßte.
„Aua. Nein. Du siehst wunderbar aus."
„Gut", grinste sie. „Dann bin ich zufrieden. Denn du siehst auch noch nicht so uralt aus wie du bist."
„Danke", lachte ich, „aber das ist keine Leistung."
„Genau", lachte sie, „und deshalb zeigst du mir das Gedicht."
Sie saß auf mir auf dem Bett und schaute sich um.

„Ah, da ist es ja." Sie entdeckte den Zettel, der in meinem ersten Tagebuch steckte. Das lag auf dem Nachttisch neben unseren Füßen, und bevor ich sie daran hindern konnte, kniete sie sich auf meine Arme, lehnte sich blitzschnell zurück, stibitzte das Papier aus der Kladde und faltete das schon tausendmal zerknüllte und wieder und wieder geglättete Blatt auseinander.

„Tatahm, tatahm!" machte sie sich über mich lustig. „Jetzt kommt die Stunde der Wahrheit. Jetzt werden wir sehen, ob du mich wirklich verdient hast. Ich meine: erobert."

Sie rutschte von meinen Armen herunter. Sie lehnte sich mit dem Rücken gegen die Wand. Sie türmte die Knie vor ihrer Brust auf und vergrub sich in mein Gedicht.

Ich wurde nervös. Mein Herz flatterte. Es setzte bei jedem zweiten Schlag aus. Ich bekam Angst. Ich versuchte mich zu beruhigen. Wir hatten uns gerade eben geliebt.

Verflixt, und jetzt huschten ihre Augen ausdruckslos über die Zeilen. Immer wieder taten sie es. Dann holte sie Luft. Sie benetzte die Lippen, und dann las sie die Worte leise für sich.

Sie schaute mich an.
Dann las sie wieder.
Dann schaute sie mich urplötzlich wieder an: mit gerunzelter Stirn.
Ich bekam keine Luft.
„Hier. Lies es mir vor. Das muß der Mann lesen", forderte sie. Sie hielt mir den Zettel direkt vor die Nase. „Los! Lies es vor!"
Ich wurde knallrot. Ich begann zu schwitzen und betete, daß sie es nicht sah.
„Na, komm schon, Michael, du hast nichts zu verlieren. Denn wenn es mir nicht gefällt, dann haue ich ab und dann mußt du dich auch nicht mehr vor den neun Killern fürchten."
Sie grinste mich an.
Und ich nahm den Zettel. Ich nahm ihn ganz vorsichtig, damit er sich in meinen schweißnassen Händen nicht einfach in Fetzen auflösen konnte.
„Okay", sagte ich. „Aber denke daran: Ich hab dieses Gedicht nicht für dich, ich hab es für eine andere Frau geschrieben. Eine Frau, die ich überhaupt noch nicht kannte, weißt du?"
„Ja", grinste sie. „Und wenn es mir nicht gefällt, dann bin ich dir deshalb auch kein bißchen böse."

Ich schluckte. Ich suchte nach meiner Stimme, und als ich sie endlich gefunden hatte, begann ich zitternd zu lesen.

„Zuerst war's ein Flirren.
Ein Flirren
Des Lichts in der Nacht,
Das zum Leuchten wird:
Wie Wind auf der Stirn.

Dann war's ein Lächeln.
Ein Lächeln,
Das von den Lippen springt:
So wie das Flattern der Vögel
Im Morgengrauen.

Doch jetzt geht die Sonne auf
Und leichtfüßig tanzt Deine
Seele
- Oh ja, Deine Seele -
Um mich herum.
Sie singt und sie tanzt
Und sie macht aus der Angst vor dem Tod
Die Sorge, die Sorge, die Sorge
Die Sorge für's Leben.
Ich liebe Dich."

Zum Schluß war das Zittern aus meiner Stimme verschwunden. Und ich schwitze nicht mehr.

Ich habe die Wahrheit gesagt, und die Wahrheit macht frei.

Ich schaue sie an, und während sie mich zu küssen beginnt, sagt sie:

„Wenn du so was noch mal für eine andere Frau schreibst, Michael, bring ich dich um."

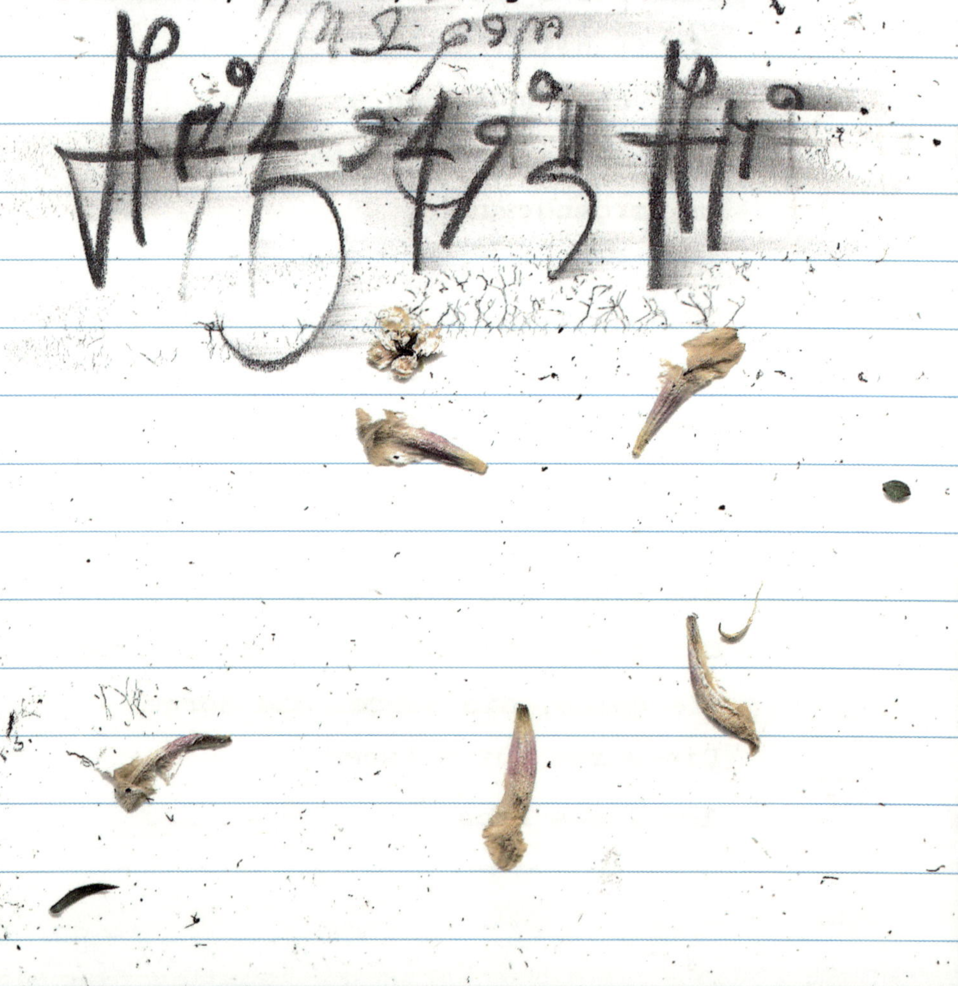

11.06.1993

Es gab keine Zeit. Ich konnte sie weder fühlen noch messen. Ich schlief, ja, anders kann ich diesen Zustand nicht nennen, und ich war gleichzeitig wach.
Ich fühlte das Licht hinter meinen geschlossenen Lidern. Ich sah ihre Haare mit meiner Haut. Ich hörte ihren Atem mit meinen Fingern, und obwohl wir uns mit unseren Körpern ineinander verwebten, war jeder gleichzeitig allein und für sich.

Der Nachmittag schwebte an uns vorbei wie eine Feder im Wind, wie Blätter des Feuerahorns am letzten Indianersommersonntag, und langsam stieg die Sonne auf die Erde hinab. Staubkörner tanzten im goldgelben Licht. Ich träumte so etwas wie eine Frage:

Wer sind die neun Killer und für wen arbeiten sie?
Da hörte ich Stimmen und wachte ganz langsam auf.

„Er ist nicht da. Wenn er da wäre, hätte er schon längst die Tür aufgemacht."

„Peter hat recht. Er hat heute morgen gelogen." Ich hörte, wie Connor verächtlich ausspuckte. „Er hat gekniffen, Collin, er ist getürmt."

Ich stellte mir Arts Gesicht vor, während Connor das sagte.

„Quatsch", widersprach Collin. „Er hat gesagt, daß er erst weitererzählen wird, wenn wir unsere Hausaufgaben gemacht haben. Also pflanz dich gefälligst da hin und werd fertig, du Blödmann!"

Ich löste mich vorsichtig aus Sallys Umarmung. Ich setzte mich auf. Ich lugte durchs Fenster hinaus auf die Straße, und da saßen alle zwölf auf der Böschung im Gras. Ihre Schulranzen, die sie als Schreibunterlage benutzten, lagen vor ihnen auf dem Boden oder auf ihren Knien. Sie arbeiteten emsig, selbst Rachel, obwohl sie erst vier war. Sie malte ihr Heft mit Buchstaben voll, die sie sich selber ausgedacht hatte, und Ryan, der Erstkläßler, schrieb ein Gedicht über Träume:

„Ein Traum ist ein Baum", las er leise für Rachel.

„Zwei Träume sind Bäume.
Und viele Träume sind dann ein Wald.
Der ist ganz alt
Und hat viele Wurzeln.
Über die mußt du purzeln."

Rachel lachte bei „purzeln", doch Peter fuhr ihr über den Mund.

„Sei doch mal still. Halt deine Klappe! Ich versuche mich hier gerade mal so eben nur ein ganz kleines bißchen zu konzentrieren."

Die mag ich

„Sind das deine Kinder?" fragte mich Sally und lugte neben mir aus dem Fenster. „Ich glaube, die mag ich."

„Gut", lächelte ich. „Und was ist mit dem?"

Ich zeigte auf Art, der abseits von allen auf der Straße hockte.

„Oh", sagte sie und kniff die Augen zusammen. „Ist das der mit der Flöte?"

Sie musterte ihn. Sie biß sich auf die Lippen, so wie jemand, der nicht zu weinen versucht, und dann füllte ihre Trauer den Raum.

Ich hatte das noch niemals gefühlt.

[redacted]

Es war eine schwere, samtige, ganz weiche Stille, wie ein kostbares Tuch, in das man etwas noch viel Kostbareres einschlägt, damit es nicht vor Schmerzen zerspringt.

Ein Herz, ja, oder eine Seele vielleicht.

Dann holte sie Luft:

„Ja", sagte sie leise, „und den ganz besonders. Er hat unsere Liebe am meisten verdient." ER HAT UNSERE LIEBE!

Sie schaute mich an.

„Und du kannst ihn retten, Michael. Wenn du es willst."

„Nein. Ich bringe ihn um! Ich töte diesen alten Finnegan dafür und hänge ihn auf. Wozu brauche ich das? Hört euch das bitte an: Fünf Pfund Kartoffeln kosten so viel wie ein Kilo Bananen, wenn eine Banane so schwer ist wie 2 1/3 Tomaten und eine Tomate so viel wiegt wie ... Shit! Wozu braucht man den Mist? Ich hasse Tomaten, ich hasse sie so wie ... wie ... Shit, diese Spinnen."

Peter springt auf.

„Hier sind überall Spinnen!"

Und der Junge hat recht.

Das Gras wimmelt von ihnen, und die Kinder flüchten vor ihnen hinauf auf die Straße.

„Michael!“ ruft Peter. „Verflixt, bist du da? Wir brauchen dich, Michael!“

BIST DU DA?

„Das klingt nach Arbeit“, grinst Sally.

Sie springt aus dem Bett, schlüpft in das grüne Kleid, das sie trug, als ich sie heute mittag bei Gus O'Connor's entdeckte, und öffnet die Tür.

MICHAEL

„Michael, komm raus!“ schreit Peter verzweifelt.

Er starrt auf seine Schuhe, über die die Achtfüßler krabbeln. „Ich bringe dich um! Ich bringe dich um, wenn du nicht auf der Stelle die Spinnen wegerzählst, hörst du?“

„Ich denke, das hat er gehört", begrüßt ihn Sally und lacht. „Wollt ihr da oben bleiben, oder kommt ihr herein?"

Die Kinder starren sie an.

„Ich mein, wir können uns auch hier draußen hinsetzen. Hier ist es viel schöner, findet ihr nicht?"

Sally geht aus der Tür und setzt sich ins Gras.

Peter reibt sich die Augen: Die Spinnen auf seinen Schuhen verschwinden. Überall verschwinden sie jetzt. Sie lösen sich auf. Sie sind einfach weg.

„Das gibt es nicht. Connor! Collin?" stammelt der Junge. „Sean, du Biogenie, wie erklärst du mir das?"

Doch Sean denkt noch nicht einmal daran, seine Brille zu putzen. Das macht er sonst immer, wenn er in Verlegenheit gerät.

„Nun, ich denke, das ist wie in einem schlechten Science Fiction."

Ich komm aus der Tür und grinse Sean an.

„Darf ich euch Sally vorstellen?"

Ich suche nach Art. Der steht wie immer weit weg von den anderen.

„Das ist Sally Wild Blanche, eine der drei Wilden Frauen des Feuers."

Ich sehe, wie sich die schwarzen Augen des Jungen verengen und wie seine Hand nach der Flöte greift, die er noch immer in derselben Tasche versteckt.

Doch ich ignoriere das einfach.

„Sarah und Molly", wende ich mich statt dessen an die beiden ältesten Mädchen. „Sie ist es wirklich. Auch wenn Sean nicht weiß, wie das moeglich ist. Also seid bitte nett zu ihr, hört ihr? Vor allem Dingen, wenn es ums Altwerden geht. Das ist ein äußerst empfindliches Thema." Ich knie mich zu Sally. „Sally ist nämlich noch älter als Galahad. Ich glaub, sie ist doppelt so alt ", sag ich und grinse sie amüsiert an.

„So und jetzt helft bitte mit. Die alte Dame hat uns gerade, das habt ihr doch alle gehört, zu einem Picknick eingeladen."

Ich breite eine Decke vor Sally aus und schau sie erwartungsvoll an.

„Was ist, mein Schatz? Wir sterben vor Hunger und wir werden noch eher verdursten, wenn ..."

Sally blitzt mich an und ich hebe die Hände.

„Oh", wehre ich mich. „Ich kann dir leider nicht helfen. Ich muß unsere Geschichte weitererzählen. Es ist höchste Zeit."

ES IST HOECHSTE ZEIT

11.06.1993

Mama-Oh-Mama-Auf-Wiedersehen-Tag

Doch das Erzählen war gar nicht so einfach. Wie soll man eine Geschichte erzählen, wenn keiner zuhören will? Die Kinder saßen zwar um mich herum auf der Decke, aber sie wollten alle nur eins: ins Haus und zu Sally.

„Ist sie das wirklich?" tuschelte Molly. „Und hast du gedacht, daß sie rothaarig ist? Ich meine, sie ist eine Königin."

„Nein, die Königin", tuschelte Sarah zurück und reckte ihren Hals Richtung Cottagetür. „Sie ist die Königin."

„Und sie ist hübsch", giggelte Rachel hinter vorgehaltener Hand.

„So hübsch, wie ich sein möchte", schwärmte Paula.

„Ja, und wie wir nie sein werden", schwärmte Sinnead mit ihr.

„Oh, ja!" Collin verdrehte die Augen. „Ich möchte jetzt Michael sein."

„Ja", sagte Connor. „Ja, und ich auch."
„Komm, Michael! Erzähl uns etwas von Sally", bettelte Alfred, und Rachels großer, dicker Bruder sah dabei wie ein in rote Farbe getunkter Germknödel aus.
Da platzte Peter der Kragen.
„Quatsch!" schimpfte er. „Sie ist eine Frau. Basta und Schluß, eine Frau! Ich kann es nicht fassen. Habt ihr die Spinne vergessen? Wir sollen verhindern, daß die Welt untergeht und ihr, ihr redet hier von einer ... Frau."
„Nein. Wir reden von Sally", schnappte Molly zurück. „Soll ich's dir aufschreiben?

Sally – Wild – Blanche!

Und vielleicht kannst du Dumpfbackenheld dich jetzt ja erinnern: Sie ist die Frau, um die es hier geht. Sie ist die einzige, die die Welt retten kann."
„Ach ja? Und warum ist sie dann hier?" Peter sprang auf. „Sie sollte in Drachenherz sein, denn da ist die Spinne, und wenn die da überlebt, kommt sie zu uns."

Jetzt war es still.

Peter stand als einziger in unserer Mitte und blitzte uns an. Er bebte vor Wut.

„Und in Drachenherz gibt es schon genug Frauen, die uns verraten haben. Oder die nur darauf warten, daß sie es können. Goldfinger zum Beispiel oder Sean Dark."

Dann erschrak er zu Tode. Sally stand in der Tür.

„Ich glaube nicht, daß Sean Dark eine Verräterin ist", sagte sie freundlich, aber bestimmt.

„Das werden wir sehen!" zischte Peter zurück.

„Ja", nickte Sally. „Das werden wir. Wenn wir so lange leben."

Sie suchte den Horizont ab, den, von der Tür des Cottages aus gesehen, die Straße bildete, die auf der Böschung verlief. Sie suchte ihn ab, wie man den Himmel absucht, bevor sich die ersten Sturmwolken zeigen, und erst als sie nichts entdecken konnte, bemerkte sie das Entsetzen in den Gesichtern der Kinder.

„Ja", sagte sie trocken. „Peter hat recht. Wir sollten die Spinne besiegen."

Dann ging sie ins Haus.

Molly und Sarah warfen Peter noch einen Blick zu, der ihn nicht sofort töten, aber zumindest doch ausknocken sollte, und als sich der Junge dann endlich gesetzt hatte, holte ich Luft.

„Warum müssen wir sterben, Peter?“ hörte ich den kleinen Ryan noch fragen.

Dann wurde es still.

Ich atmete ruhig, bis sich alle beruhigt hatten. Ich lehnte mich an die Wand neben der Tür. Ich schaute noch einmal tief in die Sonne, und dann fuhr ich lamgsam nach Drachenherz ein.

40

Dort war es jetzt Mittag, das Sonnenlicht fiel durch die Lichtschächte in die oberste Halle der Kurzen, die bei den Bauchaufschlitzern auch Di-Day-Play hieß, und blendete Kurz Null Null Zero empfindlich.

D.I Day Play?

Der erste der Kurzen hatte seine Melone gegen einen Eisbeutel ausgetauscht und stöhnte auf der Sänfte, die ein lebender Teppich aus milchreisschleimbleichen und kurzenhüfthohen Felsmottenmaden im Kreis seiner Familie abstellte, der in der Mitte der Halle im Rund der fünf in den Felsen gehauenen Vorvätersäle auf einer Armada aus goldenen Diwanen ruhte. Ja, und obwohl sie das ganz sanft und behutsam taten, krachte in dem Augenblick, als die Füße der Sänfte den Boden berührten, ein ohrenbetäubender Donnerschlag durch die sonnendurchflutete, baumhohe Halle. Er bollerte über Zero hinweg, und der hielt sich seinen armen, vom Drachentraum noch immer verkaterten Kopf.

„Kreuzzacken-geschlitzter Schlawinerbauch!" schimpfte der Kurze, sprang aus der Sänfte, kickte eine der Felsmottenmaden an die nächste der in den Felsen gehauenen Vorvätersäulen und sah sich mordlüstern um.

„Hab ich euch vielleicht Dünnpfiff gesäuselt? Junior 13 und 14, steckt sofort diese Krachmacher weg. Die sind kein Pille-Palle-Gutschi Duseldei-Krims!"

Doch im selben Moment ballerte schon der nächste Schuß durch die Halle. Die 44er - Kugel schlug an den Felswänden quer. Die Sippe der Kurzen warf sich flach auf den Boden. Nur Zero blieb stehen und sah stirnrunzelnd zu, wie das mehrfach gestauchte Projektil in der Vorvätersäule neben ihm einschlug und der Skulptur seiner Urgroßschwiegermutter jetzt schon den zweiten bleiernen Eckzahn verpaßte.

Der Erste der Kurzen grinste zufrieden: „Die stehen dir, du Blutsaugerschachtel. Die hast du verdient!"

Seine Wut war verflogen. „Kommt her, 13 und 14! Los, kommt zu Daddy!"
Er breitete die Arme aus und schon allein, um keinen weiteren Umschwung in der wackeligen Laune ihres Vaters zu riskieren, stürmten die beiden vorpubertären Kurzenjungen herbei und flogen ihm in die Arme.
„Ich liebe euch!" lachte der Boß der Bauch-aufschlitzer, als würde er von seinen Jungen gekitzelt. „Ich liebe euch, hört ihr! Und ich bin stolz auf das, was ihr macht. Was ihr heute macht, 13 und 14. Kommt, stellt euch hier auf: Laßt euch anschauen. Oh ja, ich kann es nicht glauben. Golddoppelpfündchen, komm her und sieh dir das an."
Er lief zu einem der Diwane, zog die Mutter seiner Söhne unter ihm hervor und schleifte sie zu seinen beiden ältesten Söhnen.

„Los, schau dir das an. Sind das nicht zwei prächtige und hintertriebene, schlitzohrige und hinterfotzige Jungs?"

Kurz Null Null Zero gab seiner Frau einen Klaps auf den Po und stolzierte dann mit dem Eisbeutel auf dem Kopf und im goldseidenen Nachthemd um seine Söhne herum. Die beiden zwölfjährigen Bengel sahen aus, als hätten sie bis gerade eben Fasching gefeiert.

13 trug einen Sombrero, der mindestens genauso groß war wie er selbst. Zwei Patronengurte hingen auf seiner Brust und an der Stelle, wo die beiden Gurte sich kreuzten, steckte im Gürtel des Jungen ein uralter Peacemaker, der so schwer war und groß, daß sein Lauf beim Gehen über den Felsboden schrappte.

Ja, und 14 war Cowboy. Elegant, dandyhaft und vor allen Dingen erst einmal cool.

Ja, saucool!

Hut, Hose und Weste waren aus glänzendem Leder, die Sporen an seinen Stiefeln klirrten wie Eiswürfel in einem Whiskyglas und auf dem Halfter des Peacemakers an seiner Hüfte funkelten fünf taubeneigroße Klunker.

„Wo sind die, die wir umbringen sollen?" fragte er mit ganz schmalen Lippen.

„Ja, Papa, zeig sie uns!", verlangte sein Bruder mit dem Sombrero.

Die anderen Kurzen – Onkel, Tanten und kleine Geschwister, Cousins und Cousinen – standen erwartungsvoll auf. Nur Golddoppelpfündchen, die Mutter der beiden, lag auf dem nackten Steinboden neben der Vorvätersäule und schluchzte stumm vor sich hin. Riesige Tränen kullerten ihr aus den kleinen, aber klugen Äuglein und plumpsten auf den riesigen, von einem Mieder aus stahlharter Seide nur mit Mühe gebändigten Busen.

„Einen Moment!“ intervenierte Peter. „Woher haben die Zwerge plötzlich die Wummen bekommen?“

DU LÜGST UNS AN

„Ich dachte, das ist eine Rittergeschichte!“ protestierten Collin und Connor entrüstet.

„Und woher wissen die Zwerge auf einmal, was Karneval ist?“ Sean, Sinnead und Paula sahen mich kopfschüttelnd an.

„Michael, du hast schon ganz kurze Beine.“

„Und 'ne Nase, die länger ist als die von Pinotthio!“ kicherte Rachel. Sie federte mit dem Rücken gegen den Bauch ihres Bruders.

„Du lügst uns an“, gluckste das Mädchen. Sie war richtig erleichtert. „Oh, oh, oh ja, du lügst uns jetzt an.“

Doch da ich nichts sagte, versickerte ihr Lachen im Summen der Bienen, die über die Blüten der Sonnenröschen und Gebirgsnelken tanzten. Sarah und Molly hatten ihre Haare fertig frisiert und zückten jetzt ihre Spiegel.

„Michael“, seufzte Molly, während sie ihre Lippen bemalte, „was soll dieser Kinderkram?“

„Ja, ich dachte, das ist 'ne Geschichte für Große.“ Sarah blitzte mich vorwurfsvoll an und puderte ihre dreizehnjährige Nase.

Ich schaute zu Art, und weil er das spürte, wie er alles zu spüren schien, hob der Kerl seinen Kopf.

Dunkle Strähnen fielen ihm über die Augen, die ganz tief in den Höhlen lagen. So schwer waren sie von all dem Spott, dem Zorn und der Verachtung und Angst. Ja, vor allen Dingen sah ich die Angst, die Arts Leben verfluchte. Dieser Junge war schon lange nicht mehr zwölf Jahre alt. Er war schon viel älter.

‚Was hat man dir angetan?' Die Frage stach mir ins Herz, und anstatt ihn zu hassen, wie in der letzten Nacht nach dem Sturm, spürte ich dieses dunkle, schwere, ganz weiche Tuch. Ich spürte die Trauer, ich spürte Mitleid und Mitgefühl, und als Sally jetzt plötzlich neben Art stand, spürte ich Liebe.

„Willst du ein Sandwich?" fragte Sally, und der Junge wurde ganz rot, als er bemerkte, daß er der erste war, den sie fragte.

„Es ist nichts Besonderes. Aber weißt du, Michael, der Kerl, hat kein Gemüse zu Hause." Sie strafte mich mit einem Blick, den ich liebte.

„Aber hinter dem Haus hab ich Salbei gefunden, und Rosmarin, ja, und der Salat hier ist Löwenzahn und das hier sind ganz junge Brennesselblätter."

Sie hielt ihm das Tablett mit den Rühreisandwiches unter die Nase.

„Mhm, willst du's nicht zumindest versuchen?" fragte sie lächelnd, griff mit der freien Hand in die Tasche ihres Kleides und zauberte eine kleine Tomate hervor.

„Und das hier, Art, ist eine echte, wilde Tomate."

Sie biß eine Hälfte ab und hielt ihm die andere hin. Art begann jetzt zu zittern. Er schwitzte, war blaß. Er spürte die Blicke aller Kinder auf sich und vielleicht sogar die Blicke der Killer.

Doch dann nahm er Sallys Angebot an. Er nahm die Tomate, und während Collin und Connor, ja, und selbst Peter, dem Tomatenhasser, das Wasser vor Neid aus den Mundwinkeln tropfte, pflückte Art die angebissene Tomate ganz vorsichtig, als wär sie die kostbarste Perle der Welt, aus Sallys Fingern.

„Danke. Die heb ich mir auf", sagte er unbeholfen und während Collin und Connor fassungslos stöhnten, ließ er die halbe Frucht in seiner Hosentasche verschwinden.

„Aber ein Sandwich würd ich gern jetzt sofort essen", sagte er schüchtern und griff zitternd zu.

„Echt?" spottete Collin. „Ich dachte, du steckst es dir in Hose."

„Ich halt es nicht aus", stöhnten Connor und Peter. „Das war fast ein Kuß. Er hat einen Kuß von Sally bekommen und er steckt ihn sich dahin, wo seine Rotzfahne ist."

„Ach ja! Und was würdest du mit so einem Kuß machen?" fragte Sally und lief zu Peter.

Sie biß verführerisch in eine zweite Tomate und hielt sie ihm hin.

„Los, zeig es uns!" forderten Molly und Sarah.

Doch Peter wurde nur rot, so rot wie Art es immer noch war, und jetzt lachten wir alle.

Sally steckte dem verdutzten Connor den Rest der Tomate in den Mund, und dann verteilte sie die Sandwiches unter den Kindern.

Ich beobachtete sie.

Perlmutterfalter stoben und flatterten um sie herum – wie Tinkerbells Sternenstaub. Es war wie ein Traum: ein Traum, den mir der Drache jetzt schickte, und für ein paar endlose Augenblicke gehörten wir alle zusammen.

Wir waren eine Familie,

so wie es in den glücklichen Zeiten Familien gab.

Wir waren verschworen, ineinander verzahnt und unser Schicksal war eins und gehörte uns allen. Wir wanderten alle denselben Weg.

‚Wie bei den Waltons', fiel es mir ein, und ich fühlte mich wohl bei diesem Gedanken, auch wenn er so kitschig war, daß es …

„Hey, Michael, wach auf!"

Sally kam zu mir und ging in die Hocke.

„Ich hab leider keine Tomaten mehr."

Sie grinste und gab mir dafür einen Kuß.

„Und die Sandwiches sind auch alle alle."

Sie deutete mit der Schulter zu Alfred, und der grinste verlegen zurück. Er schluckte gerade ein Sandwich hinunter und hielt in jeder seiner riesigen Pranken noch zwei weitere Brote bereit.

„Für mich ist das Fingerfood", sagte er hilflos, bevor sein Mund leer war.

„Das stimmt", grinste Sally. „Und deshalb gibt's Kaffee für dich. Essen macht müde und du mußt weitererzählen."

Sie gab mir die Tasse und schlüpfte ins Haus. Ich sah ihr nach. Ich sah durch die Tür, wie sie am Ofen hantierte, und es fühlte sich an, als wär sie schon immer bei mir. Es fühlte sich an wie die Wärme der Sonne auf meinem Gesicht und wie die warme Tasse in meinen Händen. Ich trank einen Schluck, ich sah, wie die hungrigen Kinder ihre Brote verputzten, und ich prägte mir dieses Bild aufmerksam ein.

Ich hatte das Gefühl, daß ich es zum letzten Mal sehe, und dann sagte ich leise:

„Okay."

„Okay", sagte ich in das Schmatzen und Schweigen. „Ihr habt mir gerade sehr viele Fragen gestellt. Aber die beiden wichtigsten habt ihr vergessen. Ich glaube zumindest, daß sie die wichtigsten sind."

Die Kinder schauten mich stirnrunzelnd an.

„Und deshalb erzähl ich am besten weiter. Dann erfahren wir vielleicht, was mit den Kurzen passiert sein muß, daß sie so geisteskrank wurden, daß sie ihre Kinder mit echten Peacemakern rumballern lassen als wären die Billy the Kid?"

„Hey, ich find das cool", unterbrach mich Peter und bekam postwendend von Alfred eine Kopfnuß dafür.

„Na klar, und wie du das findest. Genauso cool, wie wenn die Welt untergeht."

„Ja", lachte Peter und rieb sich den Kopf.

„Das sind die besten Geschichten."

„Und die gefährlichsten", ermahnte ich ihn.

„Du hast die Spinne vergessen und du hast vergessen, daß kein Kurzer außer Goldfinger weiß, daß es dieses Monster gibt."

„Aber Galahad weiß es. Er hat sie gesehen!" triumphierte der Junge und leckte sich dabei genüßlich das Ei von den Fingern.

„Ja", sagte ich ruhig. „Aber bist du dir sicher, daß man ihm glaubt?"

Peter schaute mich an. Er wollte schon ‚Na klar!' sagen oder ‚Und ob!', doch dann verging ihm der Appetit.

„Was meinst du damit?" fragte er argwöhnisch nach.

„Daß du es dir einfach machst", sagte ich kalt.

„Oder ist es nicht einfach, wenn man über den Tod oder den Weltuntergang redet, während man hier in der Sonne sitzt, sich gerade den Bauch mit Rührei vollgeschlagen hat und eine Frau an der Seite hat, die alle Spinnen schon dadurch vertreibt, daß sie über den Rasen läuft?"

Peter schnappte nach Luft. Er haßte mich für das, was ich sagte, doch ich ließ ihm für diesen Haß keine Zeit.

„Was würdest du machen", fragte ich ihn, „wenn du wüßtest, daß heute abend, nachdem die Sonne untergegangen ist, keine weitere Nacht, sondern die Hölle anbrechen würde?

Wenn du wüßtest, daß die Frau, die wir alle so lieben und in deren Gegenwart wir uns so sicher fühlen, von neun Killern gejagt wird? Neun Killern, die zu der Spinne gehören?"

„Wie bitte?" flüsterte Peter und die Frage pflanzte sich wie eine Welle „Wie bitte? Wie bitte? Wie bitte? Wie bitte?" durch die Reihen der Kinder fort.

„Dann müssen wir weg. Wir müssen fliehen. Wir brauchen Soldaten oder ... die Polizei!" Peter sprang auf und rannte zur Straße.

„Mein Gott!" Er blieb stehen, als ihm keiner folgte. „Mein Gott! Warum kommt ihr nicht mit? Warum bleibt ihr da sitzen?"

„Weil uns die Polizei nicht glauben wird, Peter."

Der kluge Alfred wischte sich den letzten Rest Rührei vom Mund. „Neun Killer, die zu einer Spinne gehören, die aus einer Geschichte kommt, die sich ein Kerl aus Deutschland ausgedacht hat? Nein, vergiß es Peter. Da müssen wir uns schon selber helfen. Und da brauchen wir mutige Kerle wie dich."

„Nein! Das braucht ihr nicht!" wehrte sich Peter energisch.

„Doch", sagte ich ruhig. „Wir brauchen dich auch. Wir brauchen uns alle."

Da kehrte der Junge zögernd zurück.

„Es tut mir leid", stammelte er. „Aber ich hab, glaube ich, 'ne größere Klappe ... – ja, ähm, ich meine ... – ich kann in meiner Phantasie viel mutiger sein als in ... – naja, ich meine ... in ... echt."

Peter schämte sich jetzt. Das sahen wir alle. Aber er war auch erleichtert. Er war erleichtert, weil er es endlich herausgewürgt hatte, und obwohl seine Freunde genauso viel Angst hatten, fand er in ihren Blicken doch Trost.

„Und was machen wir jetzt?“ fragte er vorsichtig. Seine Augen klebten an mir.

„Was machen wir, Michael?“ fragte er noch mal, und ich schaute prüfend zum Himmel empor. Es war vielleicht fünf, aber das war im Juni noch früh. Die Sonne stand hoch, wir hatten noch Zeit, und noch war das Böse in unserer Welt ans Dunkel gebunden.

‚Ganz im Gegensatz zu den Reps und den Sekten‘, fiel es mir siedendheiß wieder ein. Die hatten sich an die Sonne gewöhnt. Die konnten zuschlagen, wann sie es wollten.
„Was machen wir?“ fragten Connor und Collin. Sie drängten zur Eile, doch Eile war falsch.

„Ich erzähl weiter“, sagte ich cool, doch insgeheim fühlte ich mich dabei so wie Peter. Meine Klappe war groß und mein Mut war ganz klein.
„Ich erzähl weiter“, sagte ich cool.

„Denn wenn wir die Spinne besiegen wollen, müssen wir, glaub ich, erfahren, warum die Kurzen verrückt sind und warum Golddoppelpfündchen so weint.

Denn da, wo der Schmerz am größten ist, liegt oft die Wahrheit verborgen. Und wenn man die Wahrheit kennt, kann man den Schmerz vielleicht lindern.
Also, laßt uns herausfinden, warum Golddoppelpfündchen schon zwölf ihrer Söhne beim Cowboyspielen verloren hat."

Ich musterte Art und ich hoffte, daß er mich verstand. Ich hoffte, daß mich alle Kinder verstehen würden.
„Haben sie sich erschossen?" Alfred runzelte die Stirn.
„Ja" sagte ich und mir stockte der Atem.
„Und sie wurden von Zero erschossen."
„Wie bitte? Was?" durchfuhr es die Kinder.
„Der Vater erschießt seine eigenen Söhne?"
„Und das, obwohl die Spinne da ist?"
Ihre Fragen wurden leiser und leiser, und dann war ich in der Halle der Kurzen, die Di-Day-Play heißt.

„Wen sollen wir töten?" fragte 14 noch mal, und die Lippen des Dandy-Cowboys bebten dabei vor Haß und Angst.
Er schaute zu seiner weinenden Mutter und seine Kinderaugen flehten sie an: „Bitte, Mama, laß mich nicht gehen!"
Da traf ihn die Faust seines Vaters am Kinn.
„Das nächste Mal breche ich dir die Nase!" drohte ihm Zero und packte sich den anderen Sohn. „Und dich schick ich raus zu den Reps und den Sekten. Ja, und deine Mutter geb ich dir mit!"
Er suchte den Blick seiner besseren Hälfte.
„Willst du, daß deine Jungs einmal Männer werden? Dann hör auf zu heulen! Ich war der erste von drei Dutzend Söhnen, der den Tag nach dem Geburtstag meines Vaters überlebt hat und den er danach nicht einfach erschlug."

ICH WAR DER ERSTE
DEN ER NICHT EINFACH

Jetzt beginnt Zero zu weinen.
1:1
Stumm, wie ein Kerl weinen darf, geht er zur Vorvätersäule und lehnt sein Gesicht an das der Skulptur seines Vaters.
„Ich hab ihn erschossen. Ich war besser als er. Besser und stärker und schneller, weil ich der Jüngere war, und weil er mir alles beige-

ER SCHW[illegible]
~~ICH HAB IHN ERSCHOSSEN!~~

bracht hat, was ein Sohn wissen muß. Oh ja, und dafür achte ich dich, Papa, oh Papa ..."
Kurz Null Null Zero, der Melonenträger der Kurzen, wischt sich die Tränen aus dem Gesicht. Er zieht den Rotz aus der Nase und spuckt ihn mit einer angewiderten Grimasse aus

„Ja. Und genauso wird der von euch beiden mich achten, der mein Nachfolger wird. Er wird mich achten und meinen Vater, den Vater meines Vaters und die Väter davor, und die Väter von ihnen, weil sie ihm die Kraft geschenkt haben, daß er überlebt."
Die Brust des Bauchaufschlitzers schwillt vor Stolz, und Golddoppelpfündchen bricht schluchzend zusammen. „Bitte, Zero, laß meine Söhne am Leben!"
Doch Zero fährt ihr über den Mund.

„Papperlapapp", schnarrt er mürrisch.
„Papperlapapp! Ich lass' den leben, der stark genug ist. 13 und 14, macht euch bereit. Das ist eure einzige Chance. Das ist euer Mama-Oh-Mama-Auf-Wiedersehen-Tag!
Ja!" ruft er, doch seine Begeisterung wird zu purer Verachtung, als er seine heulenden Söhne sieht. „Pah, und vielleicht schafft ihr's dann endlich, Männer zu sein."
Da erschallen die Hörner der Garde.
‚Giftdröhnen' heißen sie unter den Kurzen. Sie werden aus den Schädeln der Blassen gefertigt. Wesen des Wassers, die krank sind und überall Schrecken verbreiten. Nur die tapfersten unter den Kurzen stellen sich ihnen zum Kampf, und diese tapferen Krieger – zwei Dutzend gibt es jetzt noch, nachdem Galahad sechs von ihnen erschlug – diese Tapfersten unter den Kurzen, treten jetzt aus einem der Gänge, die von überall her in den Di-Day-Play münden.
Ihre Rüstungen schimmern silbern und gold, ihre Alptraumfratzenvisiere gleichen den Schädeln der Blassen, die sie getötet haben, und während sie auf den Giftdröhnen blasen, führen sie Ko-Kahla-Bold, die, wenn auch mit Mühe, wieder laufen kann, Sean Dark und Galahad durch die Halle,

zwischen den Vorvätersäulen und den Reihen der überraschten Kurzen hindurch, bis zu Kurz Null Null Zero.

Dort bleiben sie stehen, und während die Hörner verstummen, treten drei Krieger vor, nehmen Säcke von ihren Schultern und schütten den Inhalt, die von Galahads Schwert gespaltenen Körper ihrer sechs Kameraden, vor die Füße von Zero.

Der Melonenträger weicht erschrocken vor den Leichenteilen zurück.

„Runter mit ihnen!“ flüstert er heiser.

Er nimmt den Eisbeutel und schleudert ihn an die Wand.

„Runter mit ihnen!“ zischt er noch mal.

Sofort heben die Blassentöter ihre Lanzen. Sie legen Galahad, Sean Dark und Ko-Kahla-Bold die sichelförmigen Aufschlitzerspitzen um den Hals.

„Runter mit euch! Demut für Zero, den einzigen Kurzen, der die Doppelnull trägt!“ fordern die Krieger, und zögernd und stolz gehen der Tafelmann, die Dame von Wildernacht und das kleine Schlawinermädchen vor Kurz Null Null Zero auf die Knie.

Der tritt auf sie zu.

Er stellt sich vor Galahad, der ihn, obwohl er doch kniet, noch immer um einen Kopf überragt, zieht ihn an den Haaren zu sich herab und haucht ihm ins Ohr.

„Es ist Zeit zu sterben, Tafelmann."

„Das ist es immer", flüstert der alte Recke absolut unbeeindruckt und mit dem spöttischen Lächeln dessen, der mehr als sein Gegner weiß, bläht er die Nase. „Es fragt sich nur, wer alles dran glauben muß."

„Willst du mir drohen?" fährt Zero ihn an.

„Nein", antwortet Galahad und schließt die Augen, damit der Spott in ihnen ertrinkt. „Ich möchte dir helfen", sagt er aufrichtig und öffnet die Augen. „Ich möchte euch helfen. Euch allen und Drachenherz und den Träumen der Drachen."

NEIN

Zero erstarrt. Fast sieht es so aus, als ob sein Gesicht Risse bekommt. Solche Risse, wie sie die steinernen Skulpturen seiner Ahnen in den turmhohen Vorvätersäulen jedes Jahr mehr überziehen.

ICH MÖCHTE DIR HELFEN

Dann ist es still.

Das einzige Geräusch ist ein letztes Schniefen von Golddoppelpfündchen und das Klimpern der

Ringe an ihrer Hand, mit der sie sich den Rotz von den Wangen wischt.
Das Klimpern klingt wie Musik:

Klänge der Hoffnung, die sich in der kathedralengroßen Halle beinah verlieren.
Doch die Züge von Kurz Null Null Zero hellen sich auf. Sein Gesicht öffnet sich.
Seine Augen beginnen zu leuchten.
Sie suchen seine Söhne und lachen sie an.
13 und 14 können es einfach nicht glauben. Sie sind gerettet! Und ihre Mutter, Golddoppelpfündchen, hebt langsam die Arme. Sie will etwas sagen. Etwas, das klingt, wie: "Zero, ich liebe dich."
Sie schürzt schon die Lippen. Sie läuft zu ihrem Mann. Sie will ihn umarmen. Da ballt Zero die Faust.
„Halt!" befiehlt er mit brüchiger Stimme, und dann schlägt er zu.

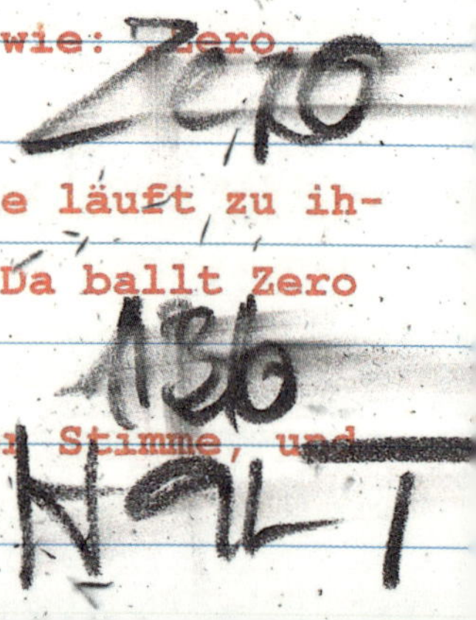

Er schlägt Galahad ins Gesicht:
„Du lügst, Tafelmann!" zischt er. „Der Drache ist tot."
Und Galahad taumelt.
Er taumelt, und mehr als der Schlag trifft ihn das, was Zero da sagt:
„Der Drache ist tot!"

Es zieht ihm die Kraft aus den Knien und Galahad fällt. Er kippt vornüber. Er schlägt auf den Stein und ihm schwinden die Sinne.
Ich hole Luft.
Ich glaube, ich hatte beinah vergessen zu atmen, und ich schaue zu Peter. Die hellblauen Augen des Jungen sind dunkel geworden, so dunkel, wie sein selbstgestrickter Pullover, der viel zu warm für die Jahreszeit ist. Tränen quellen aus diesen dunklen Augen.
„Nein", sagt er genau so rauh wie Zero.
„Das glaube ich nicht. Das ist nicht das Ende. Michael, so nicht."
Er klammert sich an seinen Bruder. Ryan ist einfach verstummt, als hätte man ihn in eine Puppe verwandelt.
„Michael. Das ist Beschiß.
So stirbt ein Penner!"

flüstert Peter verzweifelt, und dann kullern ihm die Tränen aus den Augen.

„Ich weiß", sage ich, „aber es ist nicht der Tod, der den Held zum Helden macht, Peter. Dieser Irrglaube hat schon zu viel zuviel Krieg, zu viel zuviel Unheil und Leid geführt. Und genau das soll ein Held doch verhindern."

Ich lächel ihn an.

„Oder bist du anderer Meinung?"

Peter will nicken, doch das Nicken explodiert in ein erbärmliches Schluchzen, und dann weint er stumm, und er lächelt erst wieder, als ihm Sally einen riesigen dampfenden Becher Kakao in die eiskalten Hände drückt.

„Hier", sagt sie. „Das hilft und macht warm. Und Wärme brauchen wir jetzt. Peter, Wärme ist Leben."

Sie gibt allen Kakao, und sie schenkt allen nach. Jeder bekommt so viel Kakao wie er will. Wir haben zwölf Liter davon. Verflixt, soviel kann man nicht trinken. Das schafft selbst Alfred nicht, auch wenn er rülpst. Der dicke Kerl rülpst so laut wie ein Walroß und sein riesiger Bauch zittert dabei. Das kitzelt Rachel, die auf seinem Bauch liegt.

„Wärme ist Leben!“ flüstert das Mädchen, und ich nicke und gebe ihr recht.

„Wärme ist Leben“, sage ich leise.

Ich schaue zu Sally,

NEIN

LIEBE IST LEBEN

und dann kehre ich in die Geschichte zurück.

Dort, auf dem rauhen Felsboden von Di-Day-Play öffnet Galahad die Augen. Es sind traurige Augen, denn zum ersten Mal seit 1500 Jahren, zum ersten Mal seitdem Galahad dreizehn Jahre alt wurde, stehen Tränen in ihnen und lassen ihr versteinertes Eisengrau schmelzen.

Galahad schaut zu Ko-Kahla-Bold und Sean Dark. Die beiden knien noch neben ihm, und die sichelförmigen Aufschlitzerspitzen der Blassentöter liegen um ihre Hälse. Doch ihre Trauer läßt sie ihren Stolz vergessen. Die Schmeißfliegenaugen des kleinen Schlawinermädchens glühen vor Schmerz, und die eiskalte Dame von Wildernacht zittert.

„Woher weißt du das?“ fragt Galahad leise und versucht noch nicht einmal, sich zu erheben. Er hätte gar nicht die Kraft dazu.

Aber Kurz Null Null Zero überhört seine Frage. Er geht zu Sean Dark. Er mustert ihren Schleier, dessen Perlen vibrieren. Er lächelt genüßlich.

„Daß ich das mal erleben darf. Die Dame von Wildernacht zittert. Sie zittert wie Espenlaub, sie zittert noch mehr als ein Mädchen, das man vor seiner Zeit an einen Mistkerl verkauft hat. Dabei seid ihr doch grausamer als alle anderen Wesen. Grausamer als die Blassen und die zwölf Söhne des Nebels."

„Sei still! Nenn ihren Namen nicht!" faucht Ko-Kahla-Bold und vergißt dabei die Aufschlitzerspitzen.

„Oh!" reagiert Zero entzückt und geht zu dem Mädchen.

Er legt seinen Kopf schräg auf die Seite und studiert ihre von Echsenschuppen überwucherte Haut. Er berührt sie, und Ko-Kahla-Bold zuckt zusammen.

„Oh", erschrickt Zero und dann grinst er verschmitzt. „Ich hab nicht gewußt, daß das wehtut. O-ha!"

Interessiert hält er die Schuppe, die er dem Mädchen ausgerissen hat, gegen das Licht.

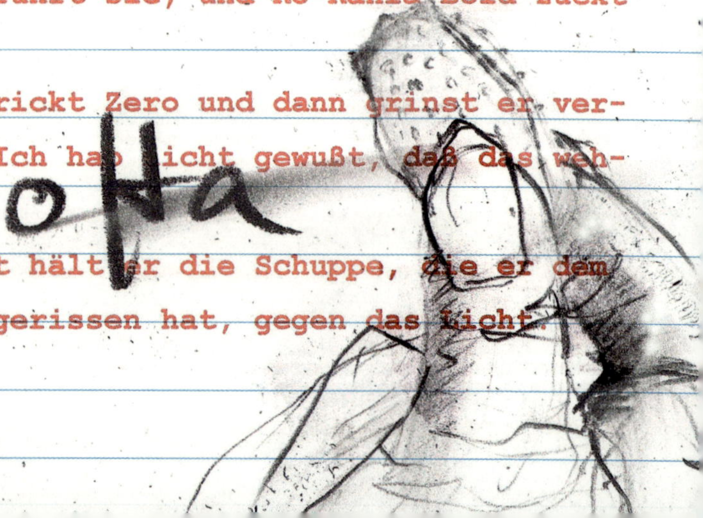

„Echsenhaut." Er läßt das Wort auf der Zunge zergehen. „So was gibt es nicht oft. Die meisten Schlawiner haben Haut aus Rinde, aus Blättern oder ... ich weiß nicht ... aus Stein. Aber Echsenhaut ..."

Er schaut Ko-Kahla-Bold in die Augen und der Trotz in ihnen verunsichert ihn. Für ein bis zwei Herzschläge beginnt Zero zu wanken, als erinnere er sich an eine andere Zeit.

Doch dann fängt er sich wieder.

„Echsenhaut ist echt selten", grinst der Kurzenanführer. „Und wenn der Drache noch leben würde, wärst du mein kostbarster Fang."

Er grinst, als wolle er das Schlawinermädchen jetzt trösten, doch dann wirft er die Schuppe weg, als wäre sie Müll.

GLAUBST DU MIR?

„Tja, aber der Drache ist tot. Tot. Tot. Tot. Das hat mir Merlin gesagt. An dem Tag, als ich meinen Vater erschießen mußte."

Zero schämt sich kokett.

„Mhm, wenn ich ehrlich bin, hat Merlin mir dabei sogar etwas geholfen.

Der große Merlin. Der Vater der Zeit, die Stimme des Drachen. Galahad, glaubst du mir jetzt? Merlin war doch dein Lehrer. Du vertraust ihm doch, Galahad?"

Er springt zum Tafelmann und geht in die Hocke.

„Ja, Galahad, der Drache ist tot. Merlin hat es gesagt. Er kam vor neunzig Jahren vorbei, bevor er verschollen ist, und er hat uns gewarnt. Er hat uns prophezeit, daß die Welt anders wird.

Sie wird grausamer werden.

Und damit wir überleben können, müssen auch wir grausamer sein.

Tausendmal grausamer als die Herren der Wüste." Er tritt zu Seen Dark und teilt ihren Schleier.

„Tausendmal grausamer, hast du gehört?"

Dann wird er ganz sanft. Er sucht den Blick seiner Frau.

„Verstehst du das, Golddoppelpfündchen? Deshalb erfand er den Mama-Oh-Mama-Auf-Wiedersehen-Tag. Er erfand ihn für uns. Damit wir stark genug werden, um weiterzuleben."

Zero lächelt ihr liebevoll zu. Er strafft sein goldenes Nachthemd. Er holt tief Luft, schnieft einmal kräftig, breitet die Arme aus, schreitet zu 13 und 14 und umarmt seine Söhne.

„Deshalb schenkte er uns die Krachmacher, Jungs." Er betätschelt die Peacemaker in ihren Gürteln.

„Das ist ein Geschenk von Merlin, dem Guten, und deshalb müßt ihr heute hier kämpfen. Los, Jungs, macht mir keine Schande! Seid grausam und kalt und, ja ... überlebt!"
Er gibt 13 und 14 einen Klaps auf den Hinterkopf, und dann stellen sich die beiden Söhne im Mexikaner- und Cowboy-Kostüm mit zitternden Knien auf zum Duell.

Ich halte kurz inne. Ich tauche kurz auf aus meiner Geschichte und schaue zur Straße auf der Böschung hinauf. Dort fährt der pechschwarze 2CV lautlos an meinem Cottage vorbei. ‚Jetzt sind es sechs', zähle ich in Gedanken, ‚oder habe ich die anderen beim Erzählen verpaßt? Woher weiß ich überhaupt, daß sich alle neun zeigen? Vielleicht schlagen sie einfach ohne Vorwarnung zu. So wie die Spinne und die Reps und die Sekten.'

Ja, und die verlassen gerade den Krater, den irgendeine unheimliche Macht in die Mitte von Drachenherz ätzte. Tausende, nein, Abertausende von Beinchen krabbeln die Steinwände hoch. Zangen werden gegeneinander gewetzt. Stachelschwänze schlagen wild durcheinander und schießen Funkenschwärme in den Himmel empor, der sich jetzt, als sich der endlose Strom der Reps aus dem Krater auf die felsige

Ebene ergießt, durch die Wolke der Sekten, die fliegen können, verdunkelt.
Sie alle folgen der Spinne. Der einäugige Aldrian und seine Begleiter, die beiden Herren von Wildernacht, springen aus ihren Zelten. Sie suchen ihr Heil in der Flucht.
Sie lassen alles stehen und liegen, und zu ihrem großen Erstaunen haben sie Glück: wenn man das, was sie sehen, noch Glück nennen darf.
Die Reps und die Sekten sind nicht auf der Jagd. Zum ersten Mal, seitdem es sie gibt, ignorieren die Monster eine sichere Beute.
Nein, die Reps und die Sekten folgen der Spinne, und sie folgen ihr in die Schlacht.

„Sie wollen zum Di-Day-Play", flüstert Goldfinger. „Dort werden sie sich durch die Lichtschächte stürzen."
Der Kurzenjunge neben ihr nickt.
„Genau. Und wir können sie nicht daran hindern." Die beiden Kinder liegen abseits vom Strom der Sekten flach auf dem Boden und haben sich, um sich zu tarnen, mit dem Sand aus Wildernacht zugedeckt.
„Drachenherz ist verloren, Goldfinger, und wir hatten Glück. Wir werden die einzigen sein, die das hier überleben."

„Ach ja, und wozu?" fragt das Kurzenmädchen. „Damit uns die da aussaugen können?" Sie deutet auf Aldrian und seine Begleiter. „Das sind Herren von Wildernacht, wenn du weißt, was das heißt. Sie leben vom Blut und vom Wasser von ..."

Der Kurzenjunge neben ihr schluckt.

„Okay, du hast recht, verflixt, und was willst du machen?"

„Das, was Kurze noch nie gemacht haben."

Goldfinger macht eine Pause.

Sie schaut von der Spinne zu den Reps und den Sekten. Sie sieht ihre Fratzen, Zangen, Rüssel und die Revolverzahnreihen in ihren Mäulern. Doch am schlimmsten sind ihre Augen.

Kalte Augen sind das, ohne jegliche Wärme. Goldfinger denkt an Ko-Kahla-Bold, sie denkt an ihr Spiegelbild in Ko-Kahlas leuchtenden Augen. Wie ein Engel sah Goldfinger aus und so warm wie ein Engel hatte sie sich gefühlt. Ja, und das alles würde verlorengehen.

„Was meinst du damit?" fragt der Junge und Goldfinger schaut ihn verwundert an.

„Was schon. Wir halten zusammen", sagt sie und lächelt ...... und die kleine Rachel, die inzwischen auf meinem Schoß Schutz gesucht hat, lächelt mit ihr.

„Oh ja, das ist dut, daß Doldfinder tommt. – Aber wer ist der Junge, Michael, und wo tommt er her?"

Ich schließe die Augen.

Ich schließe sie, obwohl ich die alte Indian 4 vorbeifahren sehe. Natürlich ist das Motorrad schwarz, so schwarz wie Kohle, und die vier Zylinder lassen meinen Brustkorb vibrieren. Sie nehmen meinen Herzschlag in ihren Bann. Ich werde nervös und ich spüre, wie Sally sich neben mich setzt.

Sie nimmt meine Hand.

„Komm, erzähl weiter", sagt sie. „Michael! Hör jetzt nicht auf."

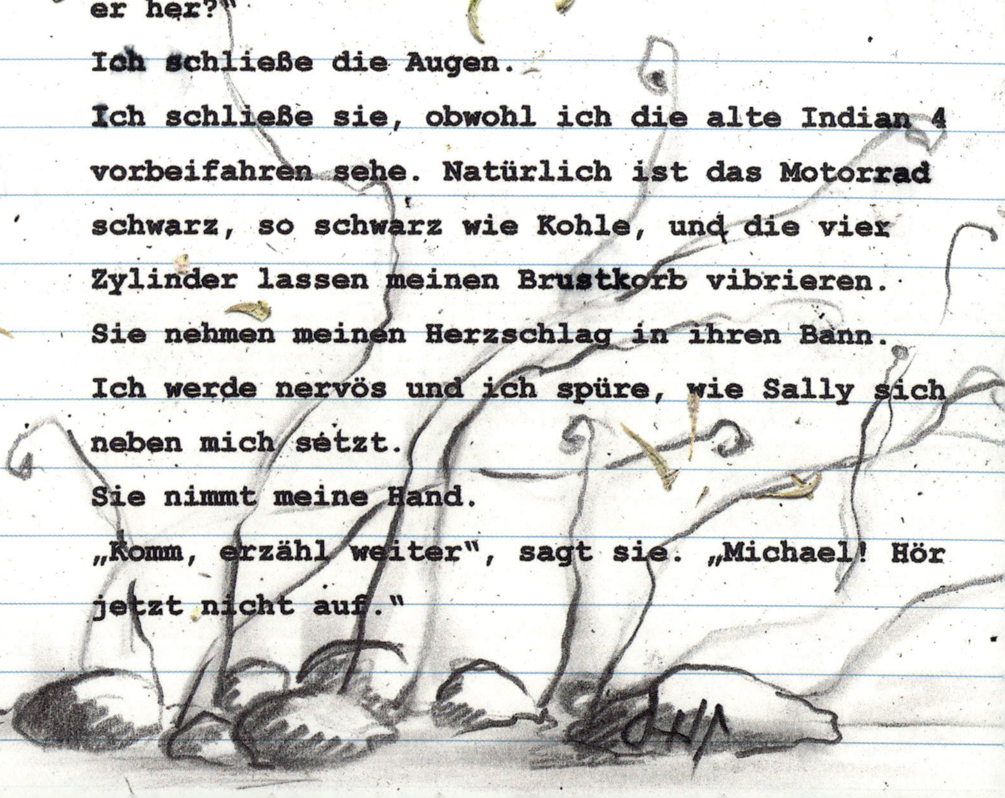

„Ja, erzähl weiter!" fordern die Kinder, und ich weiß, daß sie recht haben.

„Der Junge heißt Diamond", sage ich zögernd, „und er ist ein Jaust. Erinnert ihr euch? So wie Goldfinger eine Schickse ist. Sie sind beide Waisen und leben in Drachenherz wie blinde Passagiere auf einem Schiff. Sie sind die Straßenkinder der Kurzen."

Ich spüre Arts Blick. Jetzt hab ich den Jungen. Er ist im Bann der Geschichte, und weil mir das Kraft gibt, so wie Rachels und Goldfingers Lächeln, kehre ich noch mal – auch wenn es das letzte Mal sein wird – in die Welt der Kurzen zurück.

„Wen meinst du mit wir?" zischt Diamond leise und zwängt sich durch einen Felsspalt auf der Erdoberfläche in einen von ihm selbst gegrabenen Gang.

„Meinst du uns zwei?" fragt er ungeduldig.

„Nein. Ich meine uns alle!" antwortet Goldfinger entschlossen und kriecht im Gang vor Diamond her. „Alle Jäuster und Schicksen, die es in Drachenherz gibt."

„Vergiß es!" schimpft Diamond und spuckt den Staub, den Goldfingers Füße vor ihm aufwirbeln, aus. „Das ist doch nur Abschaum.

Gesindel und Pack. Wie Löcher in Zähnen oder Maden im Fleisch."

„Genau", grinst Goldfinger. „Aber auch Scheißkerle können nett sein, findest du nicht?"

„Wie meinst du das?" fährt der Junge sie an.

„Oh", lacht Goldfinger. „Das heißt nur, daß ich gerade anfange, dich ein bißchen zu mögen. Aber halt das bitte nicht für einen Heiratsantrag."

Sie springt aus dem Gang in eine Höhle hinein, die der ihren, die wir schon kennen, sehr ähnlich ist. Nur daß sie ganz offensichtlich dem Jungen gehört.

„Und für dich gilt dasselbe. Du mußt mich auch mögen. Sonst wärst du nicht hier."

Sie schaut zur Decke hinauf. Dort hängt der Junge und traut sich nicht aus dem Gang. Der blonde Junge in der zerfetzten Livree eines Pagen, aus der er schon dreimal herausgewachsen ist. Sein Gesicht ist noch grau vom Wildernachtsand und darin hausen zwei große und ängstliche, rehbraune Augen.

„Du bist doch hier, oder?" fragt Goldfinger zweifelnd.

„J-ja", stottert Diamond. „A-aber nur, w-weil du mir versprochen hast, daß du w-weißt, wo das nächste K-Kurzenfest stattfinden wird. A-aber du hast gelogen."

„Nein. Das habe ich nicht. Und das habe ich dir gerade bewiesen. Das nächste Fest findet nur statt, wenn wir der Spinne entkommen. Sonst gibt es nämlich keine Kurzen mehr, die ein Fest feiern können! Also, was ist, Diamond? Hilfst du mir jetzt? Wir trommeln die Jäuster und Schicksen zusammen. Alle zehn Hände. Alle, die es hier in Drachenherz gibt. Erzähl ihnen, was sie hören wollen, aber bring sie zum Di-Day-Play! Bring sie dorthin!" befiehlt ihm Goldfinger und ist einen Augenblick später in einem der Gänge verschwunden.

Di-Day-Play

Galahad ist noch immer benommen. Zeros Faustschlag und der Sturz auf die Steine tragen bestimmt ihren Teil dazu bei, aber das, was seine Sinne schwindelig macht, ist die Behauptung des Kurzen:

‚Der Drache ist tot!' und ‚Das hat uns Merlin gesagt, bevor er vor neunzig Jahren verschwunden ist.' Der Tafelmann liegt noch immer mit dem Kopf auf dem Boden und schaut durch die Beine der Kurzenkrieger hindurch zu der Mitte des Runds zwischen den Vorvätersäulen.

Dort steht die Welt für Galahad kopf. Sie ist buchstäblich aus den Angeln gekippt. Dort steht ein Vater, nein nicht nur ein Vater, dort steht das Vorbild und Oberhaupt eines Volkes und verlangt von seinen eigenen Söhnen, daß sie sich gegenseitig erschießen.

Zero richtet den Sombrero von 13. Er rückt die auf der Brust gekreuzten Patronengurte zurecht, als binde er ihm die Krawatte seiner Schuluniform. Dann zückt er einen Kajal aus seinem Nachthemd hervor, beleckt dessen Spitze und zieht seinem Sohn den vom Angstschweiß verwischten Schnurrbart nach.

„So", sagt er zufrieden. „So ist es gut, und wenn du deinen Bruder erschießt, wächst dir bestimmt auch bald ein richtiger Bart."

Er zwinkert ihm zu und kneift ihm in die Backe. Dann wendet er sich an seinen anderen Sohn.

„Und jetzt zu dir, Nummer 14. Geht es dir gut?" Zero ignoriert das Zittern des Cowboys. „Du hast heute Geburtstag. Du wirst zwölf Jahre alt, 14, und deshalb hab ich auch ein Geschenk. Du kriegst das Schlawinermädchen. Mhm, was sagst du dazu? Du kannst mit ihr spielen, oder wenn dir das zu langweilig ist, kannst du sie töten. Das ist mir egal, weißt du, ja, und dann kriegst du das."

Zero zieht eine Patrone aus seinem Nachthemd hervor und hält sie ins Licht. Das Projektil ist versilbert und mit Diamanten besetzt.

„Das hier", sagt er bedeutungsschwanger, „ist ein exakter Nachbau der Kugel, mit der ich meinen Vater erschossen hab. Heb sie dir auf."

Er steckt ihm die Patrone in die Westentasche und reibt ihm scherzhaft mit dem Rücken der Faust über die vom Heulen verrotzte Nase.

„Heb sie dir auf", lacht Zero und als er das Schluchzen seines anderen Sohnes hört, wendet er sich hilflos an ihn.

„Hey, 13, was ist denn? Ich mag dich genauso. Ja, und wenn du 14 erschießt, gehört die Kugel doch dir."

Die Brüder schauen sich an, haßerfüllt, traurig. Da klatscht ihr Vater in die Hände.

„Und jetzt stellt euch auf. Macht euch bereit. Und bringt meine Kleider."

Die Jungen gehorchen. Sie gehen zu den Markierungen, zwei in den Boden eingelassene Reliefs der Hülsenenden zweier Patronen, und stellen sich dort - mit hängenden Schultern - im Abstand von zwölf Metern auf.

„Hey, etwas mehr Haltung und Stolz!" fordert ihr Vater. Er schlüpft in die seidenen Smokinghosen, stopft das Nachhemd in sie hinein und zieht die Frackjacke einfach darüber.

„Das ist der Mama-Oh-Mama-Auf-Wiedersehen-Tag! Das ist der Tag eures Lebens. Das ist vielleicht der letzte Tag ..."

Zero hält inne.

Er nimmt den schwarzen Zylinder in die Hand, der fast halb so hoch ist wie er selbst, und steckt den Finger in ein Einschußloch eine Handbreit über der Krempe.

‚Sssss, das war knapp letztes Mal', denkt er für sich, und dann lacht er lauter und künstlicher als er will.

„Ha! Natürlich hoffe ich, daß das euer letzter Tag ist, denn ich denke gar nicht daran zu sterben. ... Aua, das reicht!" schimpft er und tritt seinen Diener weg, der ihm die viel zu engen Replederstiefel anziehen möchte.

„Ich mache das barfuß!"

Er setzt den Zylinder auf, stolziert wie ein barfüßiger Zirkusdirektor vor seiner Sippe einher und poliert dabei die Knöpfe an seiner Jacke.

„Ich heiß euch willkommen!" begrüßt er seine Verwandtschaft.

„Hier, heute, im Di-Day-Play, der schönsten und hellsten unserer Hallen. Ja, hier wächst selbst Gras!" lacht er begeistert und schaut auf seine Zehen hinab, die sich an die Grashalme klammern, die überall aus den Steinritzen sprießen.

„Hier wächst sogar Gras, keine schäbigen Algen, und deshalb ist das der richtige Ort. Der Ort der Zukunft, die Halle des Lebens, nein, des Überlebens hat Merlin gesagt, und wie jedes Jahr nach meinem Geburtstag findet hier das Revolvermännerduell der Thronfolger statt. Meine beiden ältesten Söhne, 13 und 14, werden sich gleich vor euch duellieren und der Sieger von beiden, der das Duell überlebt, wird mich fordern. Auf Leben und Tod. Damit der stärkste von uns für euch überlebt und damit nur der beste ..."

Er geht zu Golddoppelpfündchen und gibt ihr einen Kuß.

„... damit nur der beste von uns die Melone trägt."

Zero macht eine Pause. Noch einmal schaut er auf seine Zehen hinab, die an den Grashalmen zwischen den Steinplatten rupfen.

‚Ist das nur Nervosität?' fragt er sich. ‚Oder ist das schon Angst?'

‚Nein. Das ist die Liebe zum Leben', hören er und Galahad gleichzeitig die Stimme des Schlawinermädchens in ihrem Kopf.

Erschrocken schaut Zero zu Ko-Kahla-Bold.

‚Du hast richtig gehört', sagt sie in seinen Gedanken.

‚Beende das Töten, Zero, und rette dein Volk.'

Kurz Null Null Zero ist richtig verdattert.

„Wie bitte?" stottert er.

‚Wer bist du, verflixt?'

Und Galahad denkt dasselbe.

‚Wer bist du, Ko-Kahla? Warum bist du hier?'

Da fängt sich der Kurze.

„Papperlapapp!" flucht er. „Papperlapapp! Ich werde sie töten. Schaut sie euch an!"

Er zeigt mit dem Finger auf seine zitternden Söhne.

„Ich werde euch töten!" verspottet er sie. „Weil ihr zwei jämmerliche Waschlappen seid. Los, reißt euch zusammen und fangt endlich an!" Jetzt ist es still.

Der Schweiß rinnt 13 in die Augen, und 14 spürt einen stechenden Schmerz in der Brust. Er spürt ihn genau dort unter der Weste, wo die Kugel seines Vaters in der Tasche steckt.

‚Hörst du mich, Galahad?' fragt Ko-Kahlas Stimme in Galahads Kopf und der Tafelmann schaut sie an.
‚Wir brauchen Zeit. Das ist der einzige Ausweg, die einzige Hoffnung. Ich bitte dich, Galahad, wir brauchen Zeit.'
Der alte Ritter schließt langsam die Augen. Er beißt die Zähne zusammen und er öffnet die Fäuste. Er spreizt die Finger und stemmt sich gegen den Boden, doch schon beim Versuch, nur den Kopf anzuheben, reagieren die Blassentöter um ihn herum und drücken die Spitzen ihrer Lanzen in seinen Rücken hinein.
„Wag ja nicht, dich zu rühren!" zischen die goldenen Fratzen, und der Tafelmann nickt.

Er schielt zu Sean Dark. Die Dame aus Wildernacht kniet ausdruckslos neben ihm. Sie wirkt wie versteinert, als wäre sie tot.

Da öffnet sie plötzlich die Augen.

„Okay", sagt sie trocken. „Ich schulde dir nichts. Aber wenn du uns hier rausbringen kannst, dann lass' ich dich leben."

Sie lächelt so spöttisch, daß ihre Augen grau leuchten, und als sich die Lanzenspitzen der Kurzen um ihren Hals legen, springt dieser Spott aus ihren Augen heraus.

„Ja, aber euch töte ich!" prophezeit sie den Fratzen. „Euch töte ich alle!"

DAS IST DIE LÜGE

„Ruhe!" schreit Zero. „Oder ich schlitze euch auf. Und mit euch, 13 und 14, mach ich dasselbe. Also fangt endlich an und hört auf zu heulen."

„Aber es fehlt noch was, Papa", schluchzt der Dandy-Cowboy.

„Hör auf zu heulen!" beschimpft ihn sein Vater. Doch dann fällt es ihm ein.

RETTE DEIN VOLK

„Oh, einen Moment, mein Söhnchen hat recht."

Er kramt in der Tasche seiner Smokinghose herum und findet die Mundharmonika.

„Das haben wir gleich", sagt er und zieht das Instrument einmal quietschend quer durch den grinsenden Mund.
Er schüttelt die Flusen aus ihm heraus und dann beginnt er zu spielen.
Langsam und traurig spielt Zero vom Tod.

Und 13 und 14 werden jetzt ernst. Ihre Augen verengen sich zu Clint-Eastwood-Schlitzen, ihre Fingerspitzen umfliegen die riesigen Colts. Ihre Mundwinkel zeigen nur kalte Verachtung, und sie wären als Revolvermänner perfekt, klebte ihnen der Rotz nicht noch an der Nase und kullerten die Tränen nicht immer noch über die gemalten Schnäuzer hinweg.

Die Musik schwillt jetzt an. Die Finger der Jungen werden nervöser. 14, der Jüngere, holt ein letztes Mal Luft.
Golddoppelpfündchen stockt der Atem ... und ... Goldfinger schlägt das Herz im Hals. Das Mädchen preßt sich an die Wand eines Ganges, der hinter den Vorvätersäulen in den Di-Day-Play führt. Sie späht zu den Mündungen der anderen Gänge hinüber, doch die werden durch das

Licht in der sonnendurchfluteten Halle in schwarze Löcher verwandelt.

„Diamond, du Schisser, jetzt zeig dich doch, komm!"

„Ist er nicht da?" hört sie die Stimmen der Jäuster und Schicksen, die hinter ihr stehen.

„Kommt er nicht, Goldfinger?"

„Sind wir allein?"

„Dann hauen wir ab."

„Wir sind höchstens neun."

„Nein! Ihr seid mindestens vierzehn!" fährt Goldfinger sie an. „Und wenn ihr zu dumm seid, um zählen zu können, solltet ihr jetzt auf keinen Fall türmen. Denn dumme Leute, wißt ihr, sterben noch schneller."

„Und wenn wir bleiben?" fragt einer der Jäuster.

„Dann lebt ihr, vielleicht", sagt Goldfinger leise und befühlt ihren Gürtel mit den aus geschliffenen Tellern, Topfdeckeln, Messern, Löffeln und Glasscherben gebastelten Wurfsternen, von denen jeder der Schicksen und Jäuster ungefähr ein halbes Hundert besitzt. „Vielleicht lebt ihr dann, aber wir brauchen noch Zeit. Wir sind viel zu wenige. Oh, Drache, auch wenn du tot bist, gib sie uns, bitte."

AUCH WENN DU TOT BIST

„Ja, schenk uns die Zeit!" fleht Ko-Kahla-Bolds Stimme.

Galahad hört sie in seinem Kopf.

Und ich höre die Kinder:

„Aber wieso?"

„Sie haben keine Zeit."

„Sie müssen doch fliehen."

„Die Spinne greift an!"

Und dann sehe ich Sally, wie sie vor mir auf der Wiese den Kakao unter den Kindern verteilt.

„Habt keine Angst", versucht sie die Kinder zu trösten. „Denkt an das, was euch Art gesagt hat."

Sie schaut zu dem Jungen, und er lächelt sie an.

„Ihr gebt den Helden in der Geschichte die Kraft, damit sie das Böse besiegen können. Ja, und Michael hat das schon einmal geschafft. Er hat Ko-Kahla-Bold, Galahad und Sean Dark vor den Reps und den Sekten gerettet, und damals, als das passiert ist, war Michael allein. Doch jetzt sind wir vierzehn, hört ihr, und wir können es schaffen ... wir können es schaffen ..."

Sallys Stimme verschwindet wie das Rascheln des Windes im Gras. Ich sehe das zweite Motorrad, eine schwarze Triumph. ‚Stachelschwein' steht auf dem Tank, und sie fährt lautlos an uns vorbei. Die Motorradbrille der Fahrerin glänzt silbrig, verspiegelt, doch sie starrt mich unentwegt an.

‚Acht', denke ich. ‚Jetzt sind es schon acht.' Dann höre ich wieder Ko-Kahla-Bold. Ich hör sie wie Galahad: in meinem Kopf.

„Zeit, alter Mann. Bitte, schenk uns die Zeit! Auch wenn es deine Zeit ist. Auch wenn du mit dem Leben für sie bezahlst.

DIESE BEIDEN KINDER

Aber diese beiden Kinder dürfen nicht sterben. Das dürfen sie nicht. Das wäre das Ende der Welt, Galahad."

DÜRFEN NICHT STERBEN

Der Tafelmann, der noch immer flach auf dem Boden liegt, späht zu den beiden Jungen.
14 stößt die Luft aus der Nase. Er ballt die Linke zur Faust. Er macht das, damit seine rechte Hand endlich den Mut bekommt, die Waffe zu ziehen. Doch 13 sieht das und kommt ihm zuvor. Er reißt den Peacemaker aus den gekreuzten Gurten. Da schreit Galahad:
„Halt! Haltet ein!"
Er springt auf. Er stößt die Lanzen der Blassentöter zur Seite, und bevor die ihn bändigen können, steht er vor Zero.
„Halt!" fordert er und ignoriert die zwei dutzend Klingen, die sich jetzt wieder um seinen Hals legen.
13 und 14 haben sich nicht duelliert. Sie leben und sie stecken ihre Waffen in die Gürtel zurück. Galahad hat erreicht, was Ko-Kahla-Bold wollte, und jetzt braucht er Zeit.
‚Auch wenn es deine Zeit ist, alter Mann. Auch wenn du mit dem Leben für sie bezahlst.'
Die Bitte des Schlawinermädchens besitzt mehr Kraft als jeder Befehl.
‚Wer bist du nur, kleines Mädchen?' fragt sich Galahad wieder.

Dann dringt die Stimme von Zero zu ihm. Der lange Zylinder des Kurzen wippt auf seinem Kopf hin und her. Er sieht aus wie ein Clown, doch unter dem Hut steckt Kurz Null Null Zero, und das ist ein Mann, der seinen Vater erschoß.

„Dafür wirst du sterben! Galahad. Dafür stirbst du jetzt!"

Drei Kurzenkrieger eilen herbei. Sie bilden eine Treppe für Zero, und der hüpft über den liegenden und knienden Krieger hinweg auf die Schulter des dritten, der steht. Jetzt reicht er Galahad fast bis zur Schulter:

„Dafür stirbst du jetzt!"

„Ja, ich weiß", erwidert Galahad trocken und taumelt.

Der Grund dafür ist nicht Angst, es ist eher Taubheit und Schwindel. Jetzt, wo er steht, spürt er alles noch mehr: den Faustschlag des Kurzen, den Sturz auf den Stein und den ... den Tod des Drachen. Auch wenn er daran noch nicht glauben will.

„Oh", triumphiert Zero, der das Taumeln bemerkt. „Der Alte hat Angst, er ..."

OH DER ALTE HAT ANGST

„Ja“, fährt ihm Galahad über den Mund. „Aber nicht vor dir und nicht vor deinen vergoldeten Zwergen.“

Die Wurfsternklappmesser springen Zero in beide Hände.

„Sag das noch mal!“ spuckt er den Tafelmann an.

Doch der lächelt mild.

„Keiner kann was für seine Größe, Zero. Aber jeder ist verantwortlich für seinen Mut.“

Galahads Augen werden jetzt klar. Das Eisengrau schimmert wie Silber, so wie der wellenlose Ozean im späten Nachmittagslicht. Und diese Ruhe läßt Zero erschaudern. Er weicht über die Treppe aus den drei Kriegern zurück und schiebt den Zylinder in den Nacken. Er sieht die Angst in den Augen der Garde und er sieht, wie ihre Lanzen zu zittern beginnen.

Zero spuckt aus. Er grummelt irgendeine Verwünschung in seinen schütteren Bart. Doch er kann es nicht ändern.

Vor ihm steht ein Held, der letzte Held, den es in dieser Welt gibt, und allein Galahads Würde, das spürt Zero jetzt bis in die schweißgetränkten Zehenspitzen hinab, ist schon eine furchteinflößende Waffe.

„Oder haben die Krieger der Kurzen bei all ihrer Angst ums Überleben ihre Ehre verloren?“ Galahad spricht jetzt ganz ruhig. Ganz ohne Spott oder Haß; und voller Respekt betrachtet er seine Gegner.

Die Blassentöter schauen fragend zu Zero, und als der nichts sagt, senken sie ihre Lanzen.

Der Tafelmann nickt ihnen zu. „Ich danke euch“, sagt er. „Und jetzt bitte ich euch um einen Gefallen. Gebt mir das Recht, das mir als Tafelmann zustand, bevor mich mein eigener Bruder verbannte. Gesteht mir das Recht zu, kämpfend zu sterben.“

„Oh“, entfährt es Kurz Null Null Zero. „Ja, aber natür... ähm, ich meine, na...tür...“

Er preßt und er preßt, doch das Wort will ihm nicht über die Lippen:

„Ich meine, wie ... willst ... du ... und ... ja, gegen wenn willst du ... kämpfen?“

Zero ahnt Böses. Er weicht vorsichtshalber zurück.

„Gegen mich?“ fragt er kichernd. „Du meinst ... mich, ich mein, ich, Galahad, ich soll gegen ... dich ...? Ha!“ Na“

Zero lacht laut, doch der Tafelmann nickt.

„Ich sehe keinen anderen. Zumindest keinen, der mir ebenbürtig ist. Oder willst du vielleicht, daß dich deine Söhne beschützen?"

„Wie bitte?" Zero stutzt und zieht die Augenbrauen zusammen.

„Ist es nicht so?" fragt Galahad listig. „Wenn du deine Söhne für dich kämpfen läßt, dann trittst du zurück. Dann sind sie die Melonenträger, und dann müssen sie sich nicht mehr gegenseitig erschießen."

Kurz Null Null Zero fällt die Kinnlade runter. Er legt den Kopf schräg und vergißt fast zu atmen.

„13! Und 14!" zischt er leise und heiser.

„Gebt mir die Krachmacher!"

Doch man kann ihn nicht hören.

Da holt der Kurzenboß Luft.

„Ich will die Krachmacher!" schreit Zero wütend.

Er rennt zu den Jungen. Er reißt ihnen die Peacemaker aus ihren Gürteln, packt sich den Hut seines jüngeren Sohnes und wirft ihn wie einen Frisbee hoch in die Luft.

Dann schießt er: beidhändig läßt er den Cowboyhut tanzen, er wirbelt ihn kreuz und quer durch die Luft und läßt ihn dann zwölffach durchsiebt auf dem Kopf des Tafelmannes landen.

„Und jetzt zu uns, Galahad", grinst Zero böse. „Jetzt können wir kämpfen."

Der Tafelmann nickt. Neugierig nimmt er den Hut und betrachtet die Einschußlöcher. Dann mustert er die Sippe der Kurzen: Die haben sich aus Schreck vor den donnernden Schüssen wieder flach auf den Boden geworfen.

„Du kämpfst mit den Krachmachern?" fragt er neugierig.

„Ja!" grinst der Kurze, und dann befiehlt er der Garde:

„Los, bringt mir den Alten und stellt ihn da hin."

Er deutet auf die Mitte des Kreises, den die Vorvätersäulen umschließen, geht dann zu 13, läßt die Trommeln der Peacemaker aufspringen und lädt sie mit den Patronen aus dem Doppelgurt nach.

„Ich kämpfe mit den Krachmachern und du mit dem Schwert. Du wolltest doch sterben?" sagt Zero und schielt zum Tafelmann, der sich das Geleit der Blassentöter verbittet. Er geht allein zur Mitte des Kreises.

„Weißt du", sagt er, „das ist mein Los."

„Gut“, schnauft Zero, „dann sollst du's genießen. Ich gebe dir elf Kugeln Schmerzen und die zwölfte ...“ Er ruft seinen anderen Sohn: „14, ich brauche die Kugel! – Die zwölfte, Galahad schickt dich dann fort. Dorthin, wo der Drache schon ist. Ins Nichts, Galahad, oder in die Hölle.“

Er zieht 14 die versilberte, diamantenbesetzte Patrone aus der Westentasche und steckt sie in die letzte der Kammern.

„Bist du bereit?“ fragt er kalt und läßt die Trommeln der Peacemaker in die Waffen zurückschnellen. „Dann tu deinen Job!“

Er schießt ohne Vorwarnung, und bevor Galahad auch nur daran denken kann, sein Schwert zu ziehen, streift ihn die Kugel an der Hand.

„Wir beginnen ganz langsam“, lächelt Zero großzügig und läßt dem konsternierten Tafelmann Zeit, den Blutstreifen auf seinem Handrücken zu betrachten.

„Und jetzt zieh dein Schwert. Ich hab dir versprochen, daß du im Kampf sterben darfst.“

Galahad nickt, doch sein Blick ist Mißtrauen pur, und während seine rechte Hand den Schwertgriff umfaßt, läßt er den Kurzen nicht aus den Augen.

Langsam zieht er Drachentod aus der Scheide
Da beginnt Zero zu schießen.
Zwei Schüsse bersten durch die riesige Halle.
Der Tafelmann spürt, wie die erste der Kugeln die äußeren Muskelstränge seiner rechten Schulter durchtrennt, doch dieses Mal hält er nicht inne und mit einer Geschwindigkeit, die sich jedem menschlichen Augen entzieht, reißt er sein Schwert aus der Scheide und spaltet die zweite Kugel, bevor sie ihn erreicht.
Zero pfeift durch die Zähne.
„Das war nicht schlecht, alter Mann."
Doch Galahad beachtet ihn nicht. Er wird eins mit dem Schwert. Er sieht das Glühen in der Klinge aus Kohlenstoffstahl, und während er den vom Schweiß, der Verzweiflung und dem Zorn unzähliger Schlachten geformten Eschenholzgriff mit beiden Händen umfaßt, bittet er den Drachen, an dessen Tod er nicht glauben will, um seine Kraft.
„Du bist das Leben", flüstert Galahad leise.
„Und solange es Leben gibt, bist du nicht tot."
„Ja!" spottet Zero. „Fleh um dein Leben! Bettel darum!"

Er feuert dreimal. Er zielt auf Bein, Bauch und Kopf, und während Galahad sieht, wie sich die drei Bahnen der Kugeln sternförmig fächern, gleißt die Schwertklinge auf.

Der Tafelmann schreit. Es ist ein dunkler, kehliger Laut, und bevor er die Detonationen der Schüsse vernimmt, schlägt er alle drei Projektile mit einer schlichten diagonalen Aufwärtsbewegung vor sich aus der Luft.

Die Sippe der Kurzen raunt auf.

Die Blassentöter öffnen staunend ihre Visiere und Sean Dark, die Dame von Wildernacht sieht, wie das Mal auf Ko-Kahlas Stirn zu leuchten beginnt. Es leuchtet so hell wie Galahads Klinge.

„Jetzt bin ich bereit", sagt der Tafelmann. „Jetzt können wir kämpfen."

Er hebt das Schwert über den Kopf. Er brüllt wie ein Drache, und dann greift er an.

Er rennt auf den Kurzen zu.

„Ja!" schreit der Kleine mit dem großen Zylinder. Er schreit vor Wut und aus Angst.

„Komm her Galahad. Aber du kannst mich nicht töten!" Er stürzt sich dem Ritter entgegen.

„Die Krachmacher, Galahad, sind nicht von dieser Welt."

Und während er schreit, beginnt er zu schießen. Fünfmal drückt er ab und fünfmal schlägt Galahad das Projektil aus der Luft.

„Ja!" triumphiert das Schlawinermädchen, doch dann explodiert die Hülse der letzten, der silberbeschlagenen Kugel, und das diamantenbesetzte Geschoß jagt durch den kurzen Peacemakerlauf.

Der Tafelmann kann es sehen. Zero ist nur noch wenige Schritte entfernt, und Galahad hebt sein Schwert. Er sieht, wie die Kugel des Kurzen zu glitzern beginnt, als sie aus dem Revolverlauf tritt. Doch dann glitzert auch der armdicke Faden. Aus den Augenwinkeln heraus nimmt der Alte ihn wahr: den Faden der Spinne, die sich durch einen der Lichtschächte in der Decke der Halle lautlos herabseilt.

Und genauso lautlos passiert das versilberte Projektil die glühende Klinge. Sein Schlag kam zu spät, das weiß Galahad jetzt, und während er zusieht – in Zeitlupe zusieht –, wie sein Schwert Drachentod den Zylinder des an ihm vorbeilaufenden Zero kurz über dessen Scheitel durchschneidet, spürt Galahad einen Stich. Etwas Kleines, Heißes zerreißt seine Brust vielleicht eine Handbreit unter der Schulter.

Der Schmerz – oder ist es die Wucht der großkalibrigen Kugel? – bremst seinen Lauf ab und schleudert den Tafelmann um 180 Grad in den Stand.
Auch Zero bleibt stehen. Er dreht sich zu Galahad um. Er mustert den Tafelmann und kratzt sich dabei durch den jetzt offenen Zylinder am Kopf. Dann zuckt er zuammen. Er zieht die Hand aus dem Hut und hält seinen von der Stirn nach hinten geflochtenen Zopf in der Hand, der von Galahad parallel zur Kopfhaut abgetrennt worden ist.
‚Ssss. Das war knapp', denkt der Kurze schon wieder, doch dann entsteht ein Grinsen um seinen Mund, als er den dunklen Fleck auf der Brust von Galahads schwarzem Mantel entdeckt: und dieser Fleck, der sich kaum von den anderen Schattierungen auf dem speckigen Tuch unterscheidet, wächst: er wächst und wird rot.
„Was hab ich gesagt?" schnarrt Kurz Null Null Zero. „Der Drache ist tot. Deine Welt geht unter, alter Mann, und die Zukunft gehört Dingen wie diesen."
Er hält die Peacemaker hoch, aber Galahad sieht durch die Waffen hindurch zur Spinne hinauf.

„Du dummer Zwerg", sagt er leise, weil das Sprechen so schmerzt. „Und wie lange, glaubst du, werdet ihr hier denn noch leben?"
Da durchtrennt die Spinne den Faden und landet – so groß und so schwer wie ein Ochse – hinter dem Kurzen.

Der fährt herum, und während sich seine panisch schreiende Sippe hinter ihm sammelt, kläfft Zero seine Befehle.
„13 und 14, zu mir! Ich brauch die Patronen! Und ihr stellt euch auf!"
Er zieht den ersten der Blassentöter zu sich heran.

„Bildet einen Wall. Schützt Frauen und Kinder. Und haltet mir diese Spinne vom Leib. Ich muß nachladen, hört ihr, und ihr helft mir dabei."

Er wirft 14 einen der beiden Revolver zu und reißt 13 die Doppelgurte von der Brust. „Beeilt euch und hört auf zu heulen und zu zittern. Das können wir immer noch machen, wenn das Biest tot ist.“

Die Spinne duckt sich noch auf den Boden. Sie mustert die Kurzenkrieger und ihre Lanzen. Sie sieht zu Sean Dark und Ko-Kahla-Bold, die sich jetzt langsam zu ihrer Linken erheben. Die Dame aus Wildernacht spannt ihr Harpunengewehr

.... und Goldfinger, die das alles mit ansehen muß, steht an der Wand ihres Ganges und wird immer nervöser.

„Jetzt komm schon, Diamond! Sie brauchen uns doch.“

„Pah!“ motzt ein Jaust, der hinter ihr steht. „Der Kerl wird nicht kommen. Er ist ein Kurzer!“

„Er ist ein Verräter“, sagt eine Schickse. „Und wir sind das auch. Wir sollten hier bleiben, bis alles vorbei ist! Das, was da unten passiert, geht uns nichts an.“

„Ja, aber dann geht uns nichts mehr was an“, sagt Goldfinger traurig, und zu mehr Widerstand fehlt ihr die Kraft.

„Los! Aus dem Weg! Jetzt mach ich sie fertig!“

ruft Zero und stampft durch die Doppelreihe der Blassentöter hindurch. „Hallo, ich meine dich, Spinne. Wer immer du bist oder was du auch sein willst, ist mir egal, denn wenn ich mit dir fertig bin, kann man dich höchstens – und das nur aus Mitleid – als Moskitonetz benutzen."

Er legt auf die Spinne an, da fallen die ersten Rochenwarane aus den Lichtschächten heraus. Sie schießen wie Fledermäuse über die Köpfe der Kurzen hinweg, und die Spinne nutzt diesen Augenblick, um sich hinter einer der Vorvätersäulen in Deckung zu bringen.

„Papa! Sie sind überall!" rufen 13 und 14.

„Ja, so ist das mit denen", sagt Galahad knapp. „Das ist die Spezialität der Reps und der Sekten."

Er stellt sich an die Seite von Kurz Null Null Zero. „Du lebst?" fragt der Kurze.

„Ja", lautet die Antwort des Tafelmanns, „aber nur, wenn ich nicht so viel reden muß. Macht einen Kreis!" befiehlt er den Kriegern.

„Und Ko-Kahla, Sean Dark, kommt zu uns her!" Die beiden gehorchen. Sie reihen sich ein in die Kette der Krieger, die sich um die Frauen und Kinder schließt.

Die Reps und die Sekten regnen jetzt aus den Schächten. Sie fauchen und kreischen, und sie fliegen und flitzen um die Kurzen herum.

„Das sind zu viele, Papa!“ rufen 13 und 14 und

Goldfinger flüstert: „Ja, viel zu viele. Es tut mir so leid.“

„Und mir erst mal“, ruft Diamond lachend, als er ganz allein aus der Tiefe des Ganges zu Goldfinger kommt.

„Aber es ist nicht meine Schuld,“, wehrt er sich gegen die Blicke der Jäuster und Schicksen, die ihn empfangen.

„Sie kann nicht zählen!“ wirft er Goldfinger vor, „Denn es waren nicht zehn Hände, die ich herbringen sollte. „Es waren zehn mal zehn Hände voll Jäuster und Schicksen, und da braucht man halt ein bißchen Zeit. Schau dir das an, Goldfinger, schau dir das an!“

Er zeigt auf die Gänge rund um die Halle, und in allen Gängen regt sich jetzt was. Überall treten Kurzenkinder aus dem Dunkel ins Licht. Hunderte sind es oder noch mehr, und auch wenn sie nur Lumpen als Kleider besitzen, sind ihre Gesichter doch stolz: entschlossen und stolz.

„Worauf wartest du noch?" grinst Diamond freundlich, und eine strahlende Goldfinger ruft: „Ja, worauf wartet ihr eigentlich noch! Für die Kinder von Drachenherz!"

FÜR DIE Ja, worauf

Die Jäuster und Schicksen stürzen sich in die Halle und schicken einen Wurfsternregen voraus. Tausende Reps und Sekten werden getroffen.

VON

Das Schlawinermädchen und die Kurzen können ihre Freude nicht fassen.

„Wer ist das?" lacht Zero so laut, daß man es sogar über das Kreischen der Monster hören kann.

„Das ist deine Zukunft!" lacht Ko-Kahla-Bold.

„Aber ich kenne die nicht!" stutzt Null Null Zero.

„Dann lernst du sie kennen", lacht Ko-Kahla-Bold.

„Goldfinger, komm zu uns!" ruft sie das Mädchen, als sie es an der Spitze der Kinder entdeckt.

Und Goldfinger lacht.
„Los! Wir sammeln uns da!" ruft sie und zeigt auf Ko-Kahla. „Sagt das weiter an alle: Heute sind wir ein Volk. Heute gehören wir alle zusammen!"

Und wie eine Welle pflanzt sich dieser Ruf unter den Kindern von Drachenherz fort. Er wird immer lauter, er prallt gegen die Wände der Di-Day-Play und wirft sich über das Kreischen der Reps und der Sekten.

„Heute gehören wir alle zusammen!"
lachen die Schicksen und Jäuster, und mit der Kraft dieser Welle und im Schutz ihrer Wurfsternsalven bahnen sie sich ihren Weg zwischen den mutierten Monstern hindurch.
Die sterben zu Tausenden und die, die noch leben, flitzen und fliegen verschreckt hin und her. Der Angriff der Spinne ist im Chaos versunken, doch Ko-Kahla-Bold, die zu den Lichtschächten schaut, erkennt, daß das nicht mehr lange so bleibt.

Auch wenn Tausende sterben, fallen Abertausende neuer Biester in die Halle hinein.

„Wo geht es hier raus?" fragt sie in den Jubel der Kurzen, doch die glauben schon alle, daß sie gerettet sind.

„Gibt es hier einen Ausgang?" herrscht sie den Kurzenboß an.

„Ja, da!" Zero deutet in den Norden der Halle, wo sich eine breite Rampe erhebt. „Da ist das Haupttor. Das Tor von Drachenherz!"

„Aber wie willst du da raus", wirft Galahad ein, „ohne daß sie uns alle verfolgen?"

„Sie kommen nicht raus", antwortet Ko-Kahla-Bold nüchtern. „Sie werden in den Trümmern von Drachenherz sterben."

„Wie bitte? Trümmer?" fragt Zero entsetzt.

„Du willst meine Halle zerstören? Drachenherz ist die letzte der vier Hallen der Kurzen."

„Und was nutzt dir eine Halle, wenn es keine Kurzen mehr gibt? Willst du, daß alle Kinder hier sterben? Oder willst du sie retten?" fragt sie den Kurzen. „Du kannst sie nämlich retten, Zero, ist dir das klar?"

Der schaut zu den heranstürmenden Jäustern und Schicksen.

Dann sucht er den Blick seiner Frau. Die hält ihre beiden Söhne im Arm, und sie hören den Schlachtruf der Kinder:

„Für die Kinder von Drachenherz!
Heute gehören wir alle zusammen!"

„Zero" sagt das Schlawinermädchen und legt ihm die Hand auf die Schulter. „Bist du bereit? Wir müssen das Chaos ausnutzen!"
„Wir?" fragt der Kurze und Ko-Kahla-Bold nickt.
„Ja, und ich glaube nicht, daß du willst, daß das ein anderer macht."
Zero schüttelt den Kopf und das Schlawinermädchen geht auf die Knie.
„Dann setz dich jetzt auf mich", sagt sie, „so sind wir schneller."
Der Kurze gehorcht, und als er hilflos nach etwas sucht, woran er sich festhalten kann, nimmt Ko-Kahla-Bold seine Arme und legt sie um ihre Brust.
„Wie lange braucht man von hier bis zum Festsaal?"
„Du willst zum Tunnel des Drachen?" reagiert Zero erstaunt.

„Es gibt nichts was stärker ist“, antwortet das Mädchen. „Und jetzt sag schon. Wie weit ist es bis da?“

„Ich weiß nicht, wie schnell du bist“, antwortet Zero. „Ich brauch eine Stunde.“

„Okay“, nickt Ko-Kahla und versucht, ihre Enttäuschung für sich zu behalten. „Dann schaffe ich es vielleicht in der Hälfte. Galahad, haltet ihr so lange durch?“

Sie mustert den Tafelmann, dessen Mantel schon so von seinem Blut durchtränkt ist, daß es vom Saum auf den Boden tropft.

„Die Spinne darf nichts von unserem Plan ahnen. Deshalb müßt ihr hier bleiben, Galahad. Ihr dürft erst zur Rampe, wenn die Halle schon bebt, und ihr dürft das Tor erst im letzten Augenblick öffnen.“

„Hallo! Ko-Kahla!“ ruft Goldfinger lachend, die mit den ersten Schicksen und Jäustern den Kreis der Kurzen zwischen den Säulen erreicht. „Das hier ist Diamond. Er hat dieses wunderbare Wunder vollbracht.“

„Hallo!“ begrüßt Ko-Kahla die beiden. „Aber das müßt ihr mir alles später erzählen.“

Dann rennt sie los, gegen die Richtung der heranstürmenden Kinder und durch das Chaos der

Reps und der Sekten, bis sie den Rand der Halle erreicht und in einem der Gänge verschwindet.

„Sie kommt doch wieder?“ fragt Goldfinger ängstlich, doch anstatt ihr zu antworten, schweigt Galahad.

Ja, selbst die Reps und die Sekten schweigen urplötzlich, und dann kommt die Spinne.

Krieg

Es ist absolut still.

‚Vielleicht sind schon acht Minuten vergangen. Dann bleiben noch zweiundzwanzig', schätzt Galahad und betrachtet dabei den Kreis seiner Leute.

Die Frauen und kleinen Kinder drängen sich in der sicheren Mitte, und sie werden von den Blassentötern mit ihren Lanzen und den zu einem Schildkrötenpanzer erhobenen Schilden gegen Angriffe von oben beschützt. Um sie herum stehen die 675 Schicksen und Jäuster. Keiner von ihnen ist bisher gefallen. Sie strahlen vor Zuversicht, und in ihren Augen leuchtet der ungebrochene Wille zum Sieg. Es ist ihnen egal, daß sich die Wurfsternketten an ihren Gürteln schon lichten. Doch wie lange reicht diese Munition aus?

‚Vielleicht fünfzehn Minuten', schätzt Galahad. ‚Das ist nicht genug. Aber vielleicht ist Ko-Kahla ja schneller. Oder die Biester lassen sich noch etwas Zeit.'

Der Tafelmann steht vor allen anderen im Süden des Kreises, dort, wo in diesem Augenblick die Spinne aus dem Schatten der Vorvätersäulen kriecht.

Der Boden um sie herum wimmelt von Reps und Sekten, und weil die übereinander und über die Körper der schon getöteten Biester krabbeln und springen, kann Galahad nicht überschlagen, wie viele es sind.
Aber ein Blick auf die Säulen und Wände reicht dem Tafelmann aus, um zu erkennen, wie groß ihre Übermacht ist. Die Vorvätersäulen, die Wände und die Decke der Halle sind dunkel und schwarz von den Panzern der Sekten, und immer noch kriechen weitere durch die Luftschächte nach.
Die Spinne schlägt jetzt die Zangen zusammen, und die Sekten an den Wänden plustern sich auf. Sie brummen. Sie schreien und spalten die Panzer. Die schleifen und klacken dabei wie Metall, und die Flügelpaare, die sie enthüllen, schlagen so schnell, daß sie ein Pfeifen erzeugen, das die Ohren betäubt.

Galahad hört sich selbst wie durch Watte.
„Ihr wartet so lange, bis ich euch den Befehl zum Feuer erteile. Sean Dark!" schreit er und muß dabei husten. „Kannst du mich hören? Das gilt auch für dich!" auch FüR Dich

Die Dame von Wildernacht steht im Norden des Kreises, dort, wo sich nur zwei Steinwürfe weiter die Rampe zum Haupttor der Halle erhebt.

„Und wenn wir taub sind bis dahin?" hört er sie, obwohl sie schreit, nur noch ganz leise über das Pfeifen.

„Dann wartet ihr so lange, bis ihr die Haare auf den Beinen der Biester erkennt", schreit der Tafelmann und krümmt sich vor Schmerzen. Die Spinne sieht das und vollführt einen Tanz. Drei-, vier-, fünfmal bewegen sich ihre Beine, ihre Augen fixieren zwolf Punkte an den vier Wänden der Halle und dann schreit sie auf.

Sie schreit, und im selben Augenblick stürzen sich sieben Kakerlakenhornissen und fünf Grashüpferechsen von den Wänden des Di-Day-Play auf den Boden hinab, packen sich dort einen Felsmottenlarvenskorpion oder einen Rochenwaran und fliegen mit ihm wie mit einer Bombe bewaffnet auf die Jäuster und Schicksen zu. Goldfinger und Diamond schauen zu Galahad.

Sie ziehen die Wurfsterne von ihren Gürteln, doch der Tafelmann schüttelt den Kopf. „Nein. Egal, was passiert. Wir dürfen kein Messer verschwenden und wir brauchen Zeit." Da schießen die Sekten über ihre Köpfe hinweg. Sie zielen auf die Mitte des Kreises der Kurzen und dort, wo sich die Frauen und Kinder unter dem Schildkrötenpanzer der Blassentöter verbergen, lassen sie ihre Fracht los.

Galahad hört das dumpfe Geräusch, als die lebenden Bomben auf den Schilden der Kurzen auftreffen. Er hört das Schreien der Frauen und Kinder, das sich mit dem Kreischen der Biester vermischt. Die doppelten Schwänze der Rochen schlagen wie Giftstachelpeitschen gegen Metall, und die Skorpionstachel bohren sich in die Schilde.

Doch dann ist es ruhig.

tot

Die Biester sind tot.
Goldfinger lacht, und das Lachen soll das Entsetzen vertreiben ... da fällt der erste Kurzenkrieger um und ist tot. Der Giftstachel eines Rochenwarans steckt ihm im Hals, und dann stirbt ein zweiter. Dem hat sich der Schwanz

eines Felsmottenlarvenskorpions durch den Schild und das Fratzenvisier in die Nase gebohrt.

„Galahad!" ruft Diamond und zeigt warnend nach oben, von wo der zweite Angriff der Spinne erfolgt.

Tausendfüßige Gottesanbeterinnen reiten auf Fledermausmambas und stürzen sich, als der eiskalte Galahad jetzt schon zum zweiten Mal das Feuer verbietet, zusammen mit ihren Trägern wie Kamikazepiloten auf den zweifach durchlöcherten Schildkrötenpanzer der Kurzenkrieger hinab.

Dort schlüpfen sie über die Schilde und durch die Schlitze zwischen diesen hindurch.

Goldfinger hört das Schreien der Kinder, und als es endlich verstummt, sind sechs Blassentöter gefallen.

„Das ist Mord!" schreit sie den Tafelmann an. „Wenn wir ihnen nicht helfen, ist das Mord, Galahad."

Sie läuft zu ihm hin. Sie trommelt mit den Fäusten auf seine blutende Brust.
„Das nächste Mal, Galahad, töten sie die Frauen und Kinder. Die Kinder, hörst du."
Dabei ist Goldfinger doch selber ein Kind. Sie weint vor Verzweiflung und fleht Galahad an:
„Die Kinder und ihre Mütter, hörst du das, Galahad!"
Doch der alte Ritter ist taub. Er kann sie nicht hören und selbst wenn er's könnte, würde er seine Entscheidung nicht ändern. Auch jetzt nicht, als wie Raben gefiederte Spinnen die dritte Angriffswelle beginnen. Nein, sie müssen die Wurfsternmesser für später aufheben, und sie brauchen Zeit.
Galahad fängt Goldfingers blutige Fäuste.

„Hör mir zu, Mädchen!" schreit er. „Das hier ist Krieg. Und wenn viele leben sollen, müssen einige sterben."
Goldfinger schaut in Galahads Augen. Die sind kälter als Eisen, und sie zucken kein bißchen, als die Mütter der Kinder aufschreien.

HÖRST DU DIE KINDER

Der Sturz in die Tiefe

Ko-Kahla-Bold rennt durch die Gänge von Drachenherz. Auf allen vieren galoppiert sie über den felsigen Boden. Sie keucht und sie spuckt, doch sie wird den Schaum nicht mehr los, der sich um ihre Mundwinkel sammelt. Ihre Hände und Füße bluten aus den aufgeplatzten Fingern und Zehen. Die Lunge sticht, das Herz überschlägt sich, Zero auf ihrem Rücken wird immer schwerer, und dann führt er sie auch noch auf eine endlose Treppe, und die springt Ko-Kahla jetzt kopfüber hinab.

‚Hier kommen wir nie wieder raus!' schießt es ihr durch den Kopf. ‚Hier werden wir mit der Spinne begraben!'

Und in diesem Moment der Mutlosigkeit verpaßt sie den Tritt.

Ko-Kahla-Bold stürzt!

Zero löst schreiend seine Umarmung, und dann purzeln beide die Treppe hinunter und Hunderte von Metern in die Tiefe hinab.

Dort bleiben sie liegen.

Die letzte Chance

Die gefiederten Spinnen wüten fürchterlich unter den Kurzen und viele Jäuster und Schicksen halten das nicht länger aus. Sie schließen die Augen. Sie knien nieder, sie pressen die Hände auf die Ohren. Selbst Goldfinger und Diamond geben sich auf, und darauf hat die Spinne gewartet.
Sie ändert den Tanz.
Sie ändert das Schreien und macht alle Reps und Sekten mobil. Die plustern sich auf. Sie machen sich fertig, und Galahad schreit durch das Kreischen hindurch.

Er rennt durch die Reihen der Schicksen und Jäuster, er zieht Goldfinger hinter sich her und er reißt die, die knien, an ihren Haaren.
„Steht auf!" schreit er, der taub ist.
„Jetzt müssen wir kämpfen! Jetzt könnt ihr Leben retten, wenn ihr noch wollt!
Goldfinger! Diamond! Wollt ihr das, hört ihr?"
Er rüttelt die beiden aus ihrem Wahnsinn.
„Gut. Das ist gut", sagt er, als Diamond nickt und Goldfinger sich die Tränen abwischt.
„Dann stellt euch jetzt auf! Aber wartet!" schreit er. „Ich flehe euch an!

Werft bitte erst, wenn ich's euch erlaube, denn wir haben nur eine einzige Chance."

‚Wenn überhaupt', denkt er und kämpft gegen die Schwindel- und Schwächeanfälle. ‚Wenn überhaupt und wenn Ko-Kahla und Zero rechtzeitig handeln.'

Dann greifen sie an.

Die Spinne kreischt auf, die Reps und die Sekten kreischen mit ihr und dann stürzen sie sich von den Wänden herab. Eine Lawine aus lebenden Monstern, ein Sturm aus Stacheln, Zähnen und Zangen. Die Jäuster und Schicksen schreien vor Angst. Sie reißen die Wurfsterne von ihren Gürteln, doch Galahad hält sie zornig zurück.

„Nein! Nein! Noch nicht!"

Er wartet geduldig und er wartet zu lange. Davon ist Goldfinger überzeugt. Sie werden sterben, wenn sie noch warten. Die Haare an den Beinen der Sekten kann sie schon sehen, und die schnellsten der Viecher sind schon viel näher. Die Zungen der Leguanfalken schnellen aus ihren hungrigen Mäulern und sie verfehlen ihre Ziele nur knapp.

Da gibt er endlich den Feuerbefehl.

ICH FLEH EUCH AN NOCH NICHT

„Für die Kinder von Drachenherz!" schreit Galahad und bevor er den Kampfruf beendet hat, fliegen die Wurfsterne schon durch die Luft. Sie fliegen so dicht wie ein Bienenschwarm und reißen die Wand der Angreifer nieder. Sie töten die zweite und dritte Welle und begraben das Fußvolk der Sekten unter den Toten.

Fünf Minuten dauert dieses Gemetzel und so lange nutzen die Wüster und Schicksen ihre „einzige" Chance.

Aber dann ist es aus.

Die Spinne kreischt lauter als alle anderen und ruft ihre Soldaten zurück.

Dann ist es aus.

DER LETZTE TUNNEL

Der letzte Tunnel

Ich weiß nicht, wie lange Zero ohnmächtig war. Doch jetzt öffnet er endlich die Augen. Er wartet, bis sie sich an das Dunkel gewöhnen und schaut sich vorsichtig um.

„Ja!“ ruft er begeistert, als er erkennt, wo er ist, und einen Augenblick später entdeckt er das Mädchen. Es liegt nur ein paar Meter von ihm entfernt. Es liegt dort und atmet.

„Ko-Kahla!“ ruft er und springt sofort auf. Er ignoriert dabei seine gebrochenen Rippen.

Ja

„Was soll ich tun? Sag's mir, Ko-Kahla, wir haben schon viel zu viel Zeit verloren!“

Er rüttelt das Mädchen, bis es die Augen aufschlägt

„Sind wir denn da?“ fragt Ko-Kahla benommen.

„Ja!“ lacht der Kurze. „Da hinter dem Tor! Da ist der Festsaal und der Tunnel des Drachen.“

Er packt Ko-Kahla-Bold und führt sie durchs Tor.

WAS SOLL ICH

„Siehst du! Da ist mein Thron und da ist der Stöpsel. Der Stöpsel zum Tunnel. Also sag mir, Ko-Kahla, was soll ich tun?“

Das Schlawinermädchen betrachtet die kostbar verzierte Tonwand der Röhre.

TUN

„Ist das der letzte Tunnel?" fragt sie andächtig. „Der letzte Tunnel mit den Träumen des Drachen?"

„Ja", nickt der Kurze.

„Der letzte von vielen."

Er spürt die Tränen auf seinem Gesicht.

„Aber der Drache ist tot und die Träume werden versiegen."

„Dann schieß ihn kaputt!" Ko-Kahla faßt sich ein Herz. „Nimm deine Krachmacher und schieß ihn kaputt! Und dann laß uns so schnell wie möglich wieder verschwinden!"

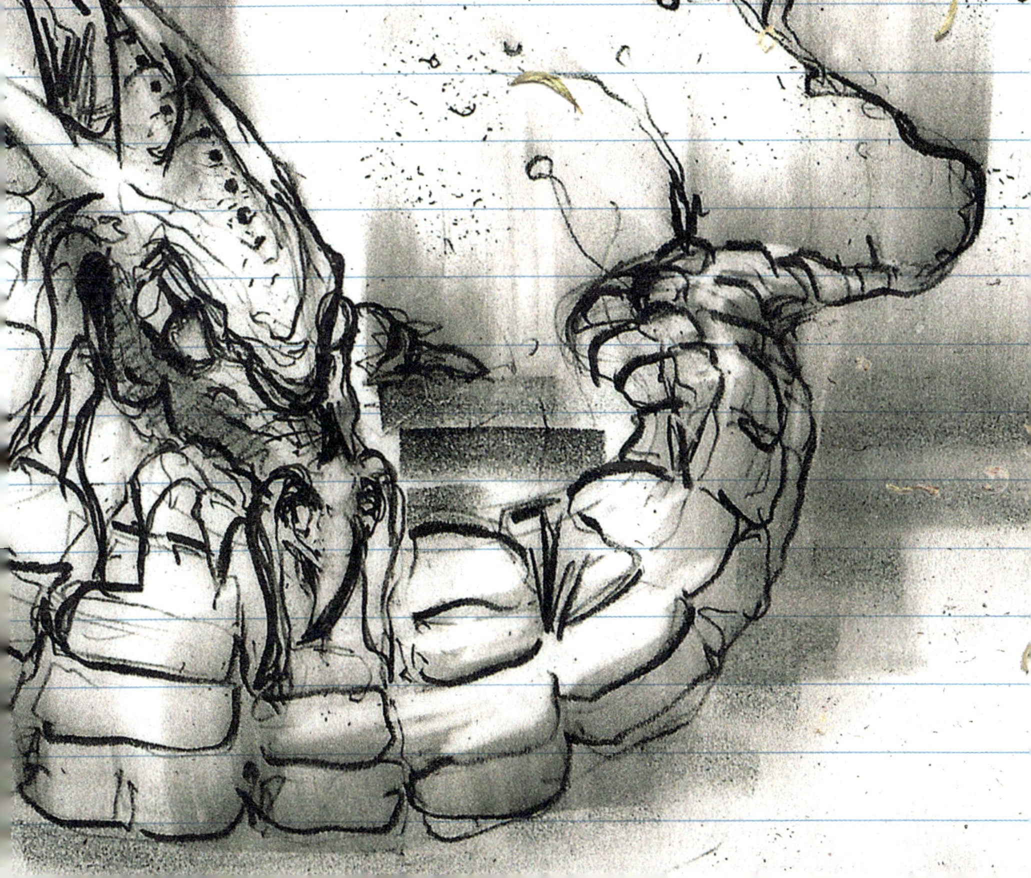

Drachentraumsturm

Die Reps und die Sekten haben sich wieder gesammelt. Sie hängen an den Wänden und Säulen der Halle, und trotz der Berge von toten Mutanten kann Galahad nicht erkennen, daß es weniger werden. Allein der Zustrom durch die Schächte von draußen scheint jetzt zu versiegen.

„Was haben sie vor?“ fragt Goldfinger ängstlich, doch der Tafelmann antwortet nicht.

Er starrt nur zur Spinne.

„Was ist mit ihm los?“ will Goldfinger wissen und Diamond antwortet: „Ich glaub, er ist taub. Und ich glaube, er ist sehr schwer verwundet. Sein ganzer Mantel hat sich schon mit Blut vollgesogen.“

„Aber was machen wir jetzt?“ will Goldfinger wissen. „Ich hab immer gedacht, er kann uns beschützen, doch jetzt ist alles ...“

Da beginnt die Spinne zu tanzen.

„Es geht wieder los!“ ruft Sean Dark zu ihnen herüber, doch sie scheint sich zu irren.

Die Reps und die Sekten greifen nicht an. Sie kriechen sogar in die Schächte zurück.

„Nein“, ruft Diamond. „Es ist vorbei. Wir haben gewonnen. Wir ...

DA WIRD'S DUNKEL

Da wird es dunkel.

„Sie verstopfen die Schächte!" ruft Galahad und drei Herzschläge später ist die rotglühende Klinge von Drachentod das einzige Licht in der Halle.

„Und sie greifen uns einzeln an. Da oben, da seht ihr!" Er zeigt mit dem Schwert auf einen Rochenwaran, der ganz kurz den Rand des Lichtscheins berührt. Dann ist er verschwunden, und einen Augenblick später hören sie zwei Jäuster schreien.

„Er hat uns!"

„Er hat uns mit seinen Stacheln erwischt."

Dann schreit eine Schickse:

„Hier ist eine Kakerlakenhornisse!"

„Und hier sind zwei ... Nein! Oh, nein, bitte nicht!"

Danach ist es still.

„Wir sind verloren!" rufen die Kinder.

„Sie werden uns töten!"

„Wir sehen sie nicht!"

Doch Galahad sieht es. Er schaut in ihre Gesichter, und obwohl er nichts hört, versteht er doch, was mit ihnen passiert. ‚Wir sollten fliehen!' sieht er und ‚Verteilt euch!

Versteckt euch! Jeder ist jetzt auf sich gestellt!"

Die ersten Jäuster und Schicksen verlassen die Reihen. Sie verlassen den Kreis. Sie stürzen sich einzeln in die dunkle Halle und hoffen, daß sie im Schutz der Dunkelheit die Gänge erreichen. Doch schon nach wenigen Metern brechen sie schreiend zusammen und werden zum Opfer der Reps. So nah – das erkennen Galahad und die Kurzen – hat sich das Fußvolk der Spinne schon an sie herangeschlichen.

„Und was ist das jetzt?" weint Goldfinger wütend. Sie hält ihre Ohnmacht nicht länger aus. „Ist das jetzt auch nur ... Krieg?" fragt sie verächtlich, und Galahad, der ihr die letzte Frage von den Lippen abliest, antwortet mitleidlos:

„Nein. Das ist dumm."

„Ach ja, und was ist nicht dumm?" blafft sie ihn an. „Daß wir uns hier bei dir fressen lassen?"

„Ja", antwortet der Tafelmann und eilt zu ihr hin. „Denn hier lebst du länger." Er schlägt eine Fledermausmamba vor ihrem Kopf aus der Luft.

„Hier lebst du vielleicht lange genug, um zu überleben."

In diesem Moment spürt der Alte den Wind. Er kommt aus der Tiefe. Er strömt aus den Gängen und wird immer stärker.

„Nein!" sagt er. „Goldfinger. Du wirst überleben. Ja, wir leben alle!" ruft der Tafelmann laut. „Spürt ihr das nicht? Nein, ihr müßt es doch hören. Ihr seid doch nicht taub."

Da wird der Wind zum Rauschen und das Rauschen Musik.

„Ja!" lacht Goldfinger. „Ko-Kahla hat es geschafft. Wir werden leben."

Die Reps und die Sekten werden nervös. Sie beginnen zu kreischen, sie schreien und brüllen. Sie können die Musik aus dem Tunnel nicht länger ertragen, und sie tun alles, um sie zu zerstören. Doch das schaffen sie nicht. Die Musik ist zu stark. Sie schwillt an, wird zum Sturm, und die Säulen und Wände beginnen zu bersten.

„Raus hier!" schreit Galahad. „Wir müssen zur Rampe!"

Und das verstehen alle sofort, trotz der Schreie und dem Kreischen der Biester und trotz der donnernden Musik. Kurze, Schicksen, Blassentöter und Jäuster erklimmen die Berge der toten Reps. Sie laufen über die Leichen der Sekten und folgen Sean Dark die Rampe hinauf.

Doch das Tor ist aus Stein. Die Flügel sind schwer, und die Jäuster und Schicksen sind mit ihren Kräften am Ende.

„Nein! Nicht durcheinander!" schreit Galahad sie an. „Alle zusammen. Kommt, alle auf eins. Eins!" ruft er und stemmt sich mit ihnen gegen das Tor. „Ja, so ist es gut und jetzt noch mal: eins!"

Er schaut in die Halle. Dort fallen die Reps und die Sekten jetzt aus den Lichtschächten. Sie wälzen sich sterbend und flatternd über den Boden. Die Risse in den Wänden klaffen weit auf. Die Vorvätersäulen zittern und bersten. Die Decke der Halle zerspringt wie ein Puzzle und regnet in Felsbrocken auf die Monster herab. Schon wanken die Wände. Gleich brechen sie ein.

„Eins!" schreien Galahad und Sean Dark jetzt Seite an Seite.

„Eins!" schreien sie. „Eins, eins und eins!"

Und als die Halle zusammenstürzt, öffnet sich endlich das Tor.

Ein Torflügel ist alles, was noch von Drachenherz steht, und davor brennen die Feuer der Kurzen. Sie sterben fast vor Angst, denn das ist die erste Nacht, die sie seit neunzig Jahren an der Oberfläche verbringen.

200 Jäuster und Schicksen haben die Schlacht überlebt. 200 von 675, die sie noch heute nachmittag waren. Von den Blassentötern gibt es noch drei, und die bewachen die Erste der Kurzen. Ja, auch Golddoppelpfündchen hat den Kampf überlebt, und sie hält ihre Söhne im Arm. 13 und 14 zittern, aber sie leben, und sonst hat es niemand von der Sippe geschafft.

Galahad sitzt abseits von allen und er ist allein. Goldfinger und Diamond haben ihm drei Lagerfeuer bereitet, und obwohl er in ihrer Mitte sitzt, ist ihm eiskalt.

„Die Kälte des Todes, wie fühlt sie sich an?"

Die Dame von Wildernacht geht vor ihm in die Hocke. Sie inspiziert sein Gesicht. Sie untersucht seine Wunde.

„Huh!" stöhnt sie auf. „Wie fühlt sich das an? Bist du zufrieden? Ist es ein schönes Gefühl? Ich meine, für andere zu sterben. Oder wärst du jetzt gerne wie ich? Weißt du, ich hab die ganze Zeit nur an mich gedacht. Und ich lebe, Galahad, ich bin gesund."

Sie mustert den Tafelmann und sie wartet sehr lange. Doch der nimmt sie vielleicht gar nicht mehr wahr.

„Okay", sagt sie. „Dann schließ jetzt die Augen. Schließe die Augen, wenn du mich verstehst."

Der Tafelmann nickt und folgt ihrer Bitte.

„Danke", sagt sie und lächelt spöttisch.

„Ich gehe jetzt, hörst du, meine Männer warten da vorn."

Sie deutet ins Dunkel, wo abseits der Feuer Aldrian und die beiden Herren von Wildernacht stehen.

„Sie sind noch jung, weißt du, und sie werden nicht sterben."

Dann steht sie auf. Sie geht aus dem Dreieck der Feuer heraus, und dort bleibt sie stehen.

„Weißt du, warum ich das sage?" fragt sie den Tafelmann und dreht sich zu ihm zurück.

„Nicht, weil ich grausam bin. Nein, ich bin nur ehrlich zu dir. Deine Zeit ist vorbei, alter Mann. Sie ist mit dem Drachen gestorben. Schau dich doch um. Guck dir an, was noch übrig ist, und dann sage mir bitte, daß das nicht stimmt."

Sie wartet darauf, daß ihr der Tafelmann antwortet, und als dieser schweigt, geht sie hinaus in die Nacht.

„Das nächste Mal", lacht sie, „muß ich dich töten." Und Galahad, der ihr nachschaut, fällt das Kinn auf die Brust.

Abschied

Mitten in der Nacht träumte Galahad, daß die drei Feuer um ihn herum noch einmal auflodern konnten. Schmeißfliegengrüne Augen glänzten in ihrem Schein auf, doch Ko-Kahla war tot, das wußte er noch. Sie lag wie die Spinne und Zero unter den Trümmern begraben.

Dann zerschnitt ein Schmerz seine Brust.

Galahad schrie. Der Schmerz zerschnitt alles. Seine Gedanken, sein Leben, die ganze Welt. Und danach war nichts, eine Ewigkeit: nichts.

Irgendwann wurde es hell. Langsam, und mit dem Licht kamen irgendwann Töne. Die Sprache war fremd, viel älter als Galahad, doch er hatte sie schon einmal gehört. Zu Beginn seiner Reise, am Rand von Wildernacht: Ko-Kahla-Bold lag damals in seinen Armen, und er war fest davon überzeugt, daß sie stirbt. So wie er wußte, daß er jetzt tot war. Aber das war nicht so schlimm. Der Gesang war sehr schön, er war fast so schön wie die Drachenmusik aus dem Tunnel im Festsaal, und als das Licht weiter zunahm, glänzte irgend etwas silbrig vor seinen Augen. Silbrig und diamantenbesetzt.

Es war klein und rund, wie das Projektil einer Patrone, und es steckte zwischen zwei blutbeschmierten Krallen an einer aufgeschundenen Hand. Echsenhaut überwucherte die Knöchel und Finger. Und dahinter saß Goldfinger und hörte andächtig zu.

„Kannst du dich noch erinnern?" fragte das Mädchen. „Es war gestern morgen vor dem Ende des Festes. Ich hab dich gefragt, warum wir diese Musik nicht jeden Tag hören? Und du", lächelt Goldfinger, „hast geantwortet, daß wir lernen müssen, sie selber zu machen."

Galahad schloß die Augen.

Er sah Sean Dark, die Dame von Wildernacht, und er sah, wie er mit ihr auf dem Kurzenfest tanzte. Dann verschwamm ihr Gesicht. Das Eisengrau ihrer Augen wurde grün, schmeißfliegengrün, der Gesang hörte auf, und dann weckte ihn eine Stimme.

„Hallo, da bist du ja wieder. Ich glaub, einen Bastard wie dich kriegt man nicht tot. Genauso wie mich."

Ko-Kahla Bold kniete sich über den Tafelmann und hielt ihm die Kugel aus seiner Brust vor die Nase.

„Willst du die aufheben?" fragte sie ihn. „Und was ist mit denen?"

Sie hob einen Gürtel mit den beiden Peacemakern hoch.

„Die hat mir Zero für dich gegeben. Nimm's als Geschenk oder Fluch. Er wollte sich damit bei dir bedanken, aber ich denke, daß er in Wirklichkeit wollte, daß du ihn in Zukunft vor ihnen beschützt."

Galahad schaute sich um. Er und Ko-Kahla-Bold waren allein vor dem Torflügel in der Ebene, die sich felsig und grau bis zum Horizont streckte.

„Oh", sagte das Schlawinermädchen. „Ich habe sie weggeschickt. Sie ziehen nach Westen, um die Wüste herum. Ja, Westen ist gut", wiederholt sie leise. „Im Westen liegt immer die letzte Antwort verborgen."

Sie lächelt.

Sie singt ein paar Zeilen in ihrer uralten Sprache. Dann kommt sie wieder zu ihm zurück.

„Ja, Galahad, sie gehen zu den Lichten. Sie suchen Sally Wild Blanche, die Schwinge des Windes, und sie werden sie bitten, daß sie den großen Rat einberuft."

Galahad nickt. Er hatte genauso gehandelt.

„Und wir, denke ich“, fährt Ko-Kahla-Bold fort, „ziehen nach Norden.“ Dann wird sie ernst. „Dorthin ist Merlin gegangen, nachdem er in Drachenherz war.“

Sie mustert den Tafelmann.

„Glaubst du noch immer, daß es gut ist, wenn wir ihn treffen?“

„Er ist mein Lehrer und Vater“, sagt Galahad ruhig, „und nachdem der Drache jetzt tot ist, ist er der einzige, der über seine Weisheit und Güte verfügt.“

„Gut.“ Das Schlawinermädchen nickt.

„Dann trink deinen Tee. Ich hab ihn aus ein paar toten Sekten gebrutzelt. Die Viecher sind doch noch für irgendwas gut.“

Und während Galahad trinkt, legt sie ihm heimlich die Hand auf die Brust. Sie singt ein paar Zeilen in ihrer uralten Sprache, und ohne daß es der Tafelmann in seiner Erschöpfung bemerkt, schließt sich die Wunde und heilt.

In der Falle

Ich kehre aus Wildernacht nach Irland zurück und öffne wie Galahad langsam die Augen.

Die Kinder sitzen um mich herum auf der Decke und lächeln und strahlen mich an. Oder sie lächeln und strahlen im Schlaf wie Rachel und Ryan. Die beiden Kleinen liegen auf meinem Schoß.

„Gut. Das ist gut", ballt Peter die Fäuste.

„Ja", flüstern Sinnead und Sean, „jetzt wird alles gut."

Sie schließen die Augen und genießen die Sonne. Die berührt schon die Böschung, auf der die Straße verläuft.

Doch ich sehe Art, der ganz langsam aufsteht.

Nein

„Nein", sagt er nur, und dann sehe ich sie:
den schwarzen R4, den Fiat 500, das Goggomobil und den Kabinenroller.
Sie sind alle da.
Sie stehen auf der Straße:
der 2CV, die kleine Isetta, die Indian und die alte Triumph. Dann donnert ein Doppeldecker über das Cottage. Das Fahrwerk der Boeing Stearman berührt fast das Dach.
‚Jetzt sind es neun!' schießt es mir durch den Kopf. Ich wecke Ryan und Rachel.
„Hey, kommt, meine Kleinen, wir gehen ins Haus."
Ich suche nach Sally. Sie ist bei den anderen. Sie geht von Kind zu Kind und hilft ihnen auf.
„Wir gehen ins Haus", sagt sie ruhig.
„Kommt, da drin sind wir sicher."
Doch die Kinder begreifen jetzt langsam, was hier passiert.
„Sie sind gekommen!"
„Das sind die Killer!"
Und dann steigt die Frau aus dem alten R4. Sie nimmt die Brille ab, die Kinder sehen ihr Auge, und als sie grinst, müssen sie sehen, daß ihr die halben Zahnreihen fehlen.

Der Elefant und das Krokodil

Die Kinder stürzen ins Haus. Art ist der letzte, und er verbarrikadiert zusammen mit Peter und Collin die Tür. Sie kippen den Schrank vor das Türblatt, und die Teller und Tassen, die Pfannen und Töpfe fallen scheppernd heraus.

Dann ist es still.
Der Schreck ist zu groß und jedes Wort würde ihn nur noch vergrößern.
Trotzdem müssen wir handeln.
„Wir haben Zeit", sage ich und hebe die Hände, damit sie sich nicht sofort auf mich stürzen, um mich zum Schweigen zu bringen. In solchen Augenblicken kann jeder Mensch töten.
„Wir haben Zeit", wiederhole ich ruhig.
„Nicht viel, aber etwas. Denn solange es hell ist", versuch ich zu lächeln, „ist das hier ein heiliger Ort."
Ich schaue durchs Fenster. Ich sehe die Hexe und ich sehe die Sonne, die hinter ihrem Auto versinkt.
„Uns bleiben vielleicht noch zwanzig Minuten."
„Wie bitte? Dann geh ich nach Hause." Sinhead springt auf und Paula und Sean tun dasselbe. „Ich komme mit dir."

DaNN geh ich

„Bitte versteht das."

„Michael und Sally, wir wollen nicht sterben."

Molly und Sarah flehen uns an.

„Dann solltet ihr hier bleiben", kommt mir Sally zu Hilfe, und ihre Stimme ist freundlich und streng. „Diese neun Frauen, wißt ihr, sind anders. Sie stammen aus einer anderen Welt. Sie stammen aus einer Welt, in der das Böse gesiegt hat, und in dieser Welt ist das Töten von Kindern erlaubt."

Sean, Paula und Sinnead setzen sich wieder, doch Sarah und Molly bleiben noch stehen.

„Das sagst du doch nur, weil du Schiß hast, Sally. Du weißt ganz genau: sie wollen nur dich."

Molly blitzt Sally haßerfüllt an.

„Und jetzt willst du, daß wir dich beschützen. Aber wir sind noch Kinder, Sally. Das müssen wir nicht."

„Ich weiß", nickt die Frau, die ich für die letzte Lichtenkönigin halte.

„Da hast du recht. Ihr müßt mir nicht helfen, aber wenn ihr mir helft, dann kann ich euch helfen, Molly, so wie Goldfinger Zero geholfen hat oder Ko-Kahla-Bold."

Sie betrachtet das Mädchen, das mit seiner Wut kämpft, und holt ihren Rucksack. Der steht noch neben dem Geigenkoffer am Bett. Dort hat sie ihn heute nachmittag fallen lassen.

‚Oh, mein Gott!' denke ich. ‚Wie lang ist das her? Wie lang kann ein Tag sein? So lang wie ein Leben?'

Sally nimmt ihren Rucksack und zieht einen Stapel dunkler Mäntel aus ihm heraus.

„Wir tanzen den Hexentanz", erklärt sie mir und den Kindern. „Das sind acht Mäntel. Die zieht ihr an, und zwar immer zu zweit. Ein Großer nimmt einen Kleinen auf seine Schultern. Dann seht ihr so groß wie Erwachsene aus. So wie Michael und ich. Aber habt keine Angst. Das sind Nachtschwärmermäntel."

Sie lächelt die Kinder verheißungsvoll an.

„Nachtschwärmer, wißt ihr, sind Lichten wie ich. Sie leben im Wald und können sich mit diesen Mänteln unsichtbar machen. Werft euch nur auf den Boden."

Sie schnippt mit den Fingern.

„Dann seid ihr verschwunden. Seht doch mal her!"

Sie wirft einen Mantel über Rachel und Ryan, und weil die auf dem Boden sitzen, sind sie im nächsten Augenblick weg.

Die Gesichter von Sean, Sinnead und Paula hellen sich auf. Mollys Wut verwandelt sich in ein Grinsen. Collin und Connor verteilen die Mäntel, und Peter teilt die sechs Paare ein.

„Collin und Connor, ihr seid die eins. Rachel, du bleibst am besten bei deinem Bruder. Sinnead und Paula, ihr geht zusammen, und Sean und Molly, ihr seid ein Paar."

Er grinst Sean an, und der verzieht das Gesicht.

„Jetzt zier dich nicht so", neckt Peter ihn weiter. „Sie ist doch erst dreizehn, und sie ist auch nicht giftig. Ahh-Autsch!"

Die Ohrfeige, die Peter dafür von Molly bekommt, hat sich gewaschen.

„Okay", grinst er. „Das nehm ich zurück. Dann bleiben noch Ryan und die hübsche Sarah. Ja, bitte verzeih mir das, Bruderherz. Aber ich glaube, ich bleibe bei Art. Ich trau dem Kerl nicht über den Weg."

„Aber ich traue ihm", widerspricht Sally Peter. „Und er ist der einzige, den ich darum bitte, daß er mir hilft. Daß er für mich sein Leben riskiert."

„Aber das kann ich nicht“, stammelt der Junge. Er schaut von Sally zu Peter und wieder zurück.

„Ich bin doch schuld. Versteht ihr das nicht? Ich war es, der mit den Hexen geredet hat. Ich hab ihnen verraten, wo Michael wohnt, und ich habe die Flöte angenommen.“

„Genau“, sagt Sally. „Und die brauchen wir jetzt.“

„Nein“, wehrt sich Art. „Das kann ich nicht. Ich kann euch nur warnen. Hier! Seht ihr das?“ Er zieht seinen Pullover hoch über die Schultern. Er zeigt seinen Rücken, und dort sind zu den alten Striemen, die ich schon kenne, noch neue hinzugekommen.

„Das hab ich Michael gezeigt und er hat Mitleid bekommen. Ja, und ihr denkt dasselbe. Habe ich recht? Ihr denkt, daß ich so ein armes Schwein bin oder so ein Scheiß-Loser, und arme Schweine und Loser sind doch eigentlich gut. Aber bei mir ist das anders. Wißt ihr?

Ich habe die Schläge verdient. Ich hab sie von meinem Vater bekommen. Ich hab seine Kaninchen gequält. Ich hab sie getötet, und in Wirklichkeit bin ich einer von denen."

Er schluchzt und zeigt mit dem Kopf Richtung Straße.

„Ich bin eine Hexe!" schreit er. „Warum kapiert ihr das nicht?

Dann bricht er zusammen. Er geht in die Hocke. Er verschränkt die Arme um seine Knie. Er weint, und die anderen Kinder sind sprachlos. Peter ballt die Fäuste, dass sich die Fingernägel in seine Handflächen bohren.

„Verräter, du Mistkerl!" zischt er, doch Sally hält ihn zurück. Sie hebt die Hand:

„Nein!"

Nein!

Und dieses Nein gilt für beide, für Peter und Art.

„Das glaube ich nicht. So viele Kaninchen kann dein Vater gar nicht besitzen, daß du jeden Tag dafür Schläge bekommst. Und wenn du wirklich zu denen da draußen gehörst, dann hättest du dich überhaupt nicht gegen meine Bitte gewehrt. Dann hättest du mitgespielt und mich später verraten."

„Nein", wehrt sich Art, und er ist wirklich verzweifelt. „Ich weigere mich, weil ich genau das nicht will. Ich will dich nicht verraten, aber ich werde es tun."

„Das glaube ich nicht." Sally schüttelt den Kopf. Dann schaut sie zu mir.

„Wie viel Zeit haben wir noch?"

Ich gehe zum Fenster. Ich sehe die Hexen, die sich jetzt untereinander beraten, und ich höre den Doppeldecker.

„Ich weiß nicht", sage ich, „höchstens sieben Minuten."

„Gut", nickt Sally, „dann erzähl ich euch eine Geschichte."

„Wie bitte?" protestieren Peter und Collin, doch Sally hebt wieder die Hand.

„Psst", sagt sie nur und lächelt geduldig.

„Weißt du Peter, da war mal ein Mann. Er war sehr alt und sehr weise, und zu dem kam ein Junge, Art, und der war so alt und verzweifelt wie du. Er setzte sich zu ihm und fragte den Alten, woher man weiß, daß man böse ist.

‚Böse?' fragte der Alte.

,Ja', sagte der Junge, ,oder halt gut. Aber ich habe wirklich sehr große Angst, daß ich böse bin'

Da überlegte der Alte. Er überlegte sehr lange, und schließlich, der Junge wollte schon aufstehen und gehen, fiel ihm endlich die Lösung ein.

,Kennst du den Unterschied zwischen einem Krokodil und einem Elefanten?' fragt der Alte den Jungen und der antwortet wie aus der Pistole geschossen:

,Na klar! Das Krokodil ist das mächtigste Wesen im Wasser und der Elefant ist das stärkste hier auf dem Land.'

,Mhm', sagte der Alte, ,aber das ist kein Unterschied. Ich finde ihre Größe und Stärke sind beiden gemein.'

Da überlegte der Junge und überlegte, aber es fiel ihm nichts Besseres ein.

,Nein', sagte er schließlich. ,Ich weiß es nicht, Alter.'

Er dachte, der Alte würde ihn schelten, doch da irrte er sich. Der Alte nahm ihn sogar in den Arm.

,Das ist gut', lachte er. ,Ja, im wahrsten Sinne des Wortes. Denn daß du's nicht weißt

und es trotzdem lernen willst, zeigt mir, daß du ein Guter bist.'
Er lachte noch lauter, und als er sah, daß der Junge nicht verstand, was er sagte, zog er ein Amulett aus der Tasche.

So ein Amulett wie das hier, Art. Siehst du das?"

Sally greift in die Tasche ihres Kleides und zieht einen hölzernen Kettenanhänger hervor. Der Anhänger ist so groß wie ein Daumen.
„Siehst du das Krokodil?" fragt sie Art und zeigt ihm das Schmuckstück. „Sein Schwanz wird zum Rüssel. Der gehört zu dem Elefanten am anderen Ende, schau doch, und in der Beuge, hier, wo sich beide vereinen, schläft ein ganz kleines Kind. So ein Kind wie du eines warst, oder Michael und ich."
„Okay", sagt Art und er zwingt sich zum Sprechen. „Was ist der Unterschied?"
Sallys Augen beginnen zu leuchten.

„Gut. Ja, das ist gut, daß du das wissen willst, Art. Das Krokodil wird nämlich schon als Killer geboren. Es kommt als Killer zur Welt und es wird von Jahr zu Jahr ein besserer Killer."

„Und der Elefant?" fragt Art sie mit gebrochener Stimme.

„Oh", lacht Sally, „der Elefant lernt. Er kann gut oder böse werden. Das liegt ganz an ihm selbst."

„Genau. Und so ist der Mensch?" mischt sich Peter ein. Er stirbt fast vor Ungeduld. „Sind wir jetzt fertig? Können wir gehen? Da draußen wird's dunkel."

„Nein", antwortet Sally. „Denn das ist falsch. Der Mensch kommt als Krokodil auf die Welt, Peter, und wenn er nicht lernen will, ist und bleibt er sein Leben lang böse."

„Wie bitte?" protestieren die Kinder, doch Sallys strenger Blick bringt sie sofort zum Schweigen.

„Ja, aber er ist auch in der Lage zu lernen. Verstehst du mich, Art? Er kann sich für das Leben eines Elefanten entscheiden. Es liegt ganz an ihm. Also was ist? Willst du dich heute entscheiden? Dann brich das Amulett durch."

Sie reicht ihm den Talisman.
„Los, brich ihn durch. Dann wirst du sehen, auf welcher Seite das Kind bleibt, und ob du zu denen da draußen oder zu uns hier drinnen gehörst."
Art schließt die Augen. Fast könnte man glauben, daß er zu beten versucht. Dann umfaßt er das Amulett und bricht es mit einem kurzen Ruck durch.
„Gut", sagt Sally. „Und jetzt schau nach."
Art zittert. Er will nicht hinsehen.
Da nimmt Sally seine rechte Faust behutsam in ihre Hände, sie berührt seine Finger, und während Art weint, faltet sie einen nach dem anderen auf.
Art öffnet die Augen und starrt auf die Hälfte des Amuletts, das ihm Sally jetzt zeigt. Er erkennt den Elefanten durch die Tränen hindurch. Er sieht seinen Rüssel und er sieht das Kind, das dort schläft.
„Was hab ich gesagt", lacht Sally. „Jetzt kannst du mir helfen."
Und Peter lacht auch.
„Na endlich! Das wurde auch Zeit."

Hexentanz

Zwei Minuten später traten wir vor die Tür. Acht Wesen in langen, schwarzen Mänteln und mit spitzen Kapuzen auf dem Kopf, die unsere Gesichter verbargen. Sechs von uns schwankten ein wenig, als wären sie etwas beschwipst. Doch Sally Wild Blanche machte uns Mut.

„Die Hexen sind blind", lachte Sally sie aus. „Sie sind Krokodile. Sie wollen nicht lernen und weil das so ist, sehen sie immer nur das, was sie wollen. Und was sie wollen, bin ich. Los, winkt ihnen zu!"

Und als wir das taten, als acht potentielle Sallys den Killern zuwinkten, gerieten diese in Panik. Sie liefen kreuz und quer auf der Straße herum.

„Los!" zischte ich. „Jeder rennt in eine andere Richtung, und Peter und Art, ihr kommt zu den Klippen."

Dann rannten wir los, und bevor die Killer ihr Durcheinander entwirrt hatten, bevor sie zu ihren Fahrzeugen kamen und mit ihnen auch noch aneinander vorbei, bevor sie die Verfolgung aufnehmen konnten, entfernten wir uns von dem Cottage.

In acht verschiedene Richtungen liefen wir auseinander, und wir wären den Hexen entkommen, hätte es nicht auch noch diesen Doppeldecker gegeben. Die Boeing Stearman flog über uns weg, und sie koordinierte die anderen. Sie schickte die Indian durch das Gelände, und dort schnappte die sich - oh, armer Alfred - ausgerechnet den Langsamsten von uns.
Der dicke Kerl schwitzte so unter dem Mantel, daß Rachel sich kaum noch festhalten konnte. Da röhrte die Indian hinter ihm auf. Die Hexe zog das Messer vom Helm, und als sie die beiden Geschwister erreichte, stellte sie sich in den Fußrasten auf. Dann holte sie aus zum tödlichen Wurf. Doch Alfred, der vor Angst heulte und schrie, warf sich flach auf den Boden und verschwand, auch wenn er noch so dick war, mit seiner Schwester im Nichts.

222

Ja, und Collin und Connor hatten noch viel mehr Spaß mit der alten Triumph. Sie lockten die Hexe zu einem Weiher und freuten sich - wenn auch unsichtbar - diebisch, als sie samt Motorrad in dem morastigen Tümpel versank.
So gewannen wir Zeit. Zeit, die notwendig war, um zu den Klippen zu kommen.

Dort trafen wir Art. Peter und Art, sie waren sowohl der Isetta als auch dem Kabinenroller entkommen, und sie erzählten uns lachend, daß sie - wenn auch von weitem - gesehen hatten, wie Molly und Sean den Fiat 500 in einer Jauchegrube versenkten.

Dann wurde es Zeit.
Zeit zum letzten Gefecht. Wir baten Art, auf seiner Flöte zu spielen. Der Flöte der Hexen, und niemand von uns konnte sich vorstellen, was durch diese Musik geschah.

Der Doppeldecker flog sofort einen Looping, und der 2CV stoppte die Verfolgung von Ryan und Sarah. Obwohl die beiden ihren Mantel verloren hatten und sich nicht mehr verstecken konnten, machte er kehrt. Die alte Triumph schwebte aus dem morastigen Weiher, und der Fiat 500 hob sich samt Hexe aus der Jauchegrube heraus. Dann gaben sie Gas, alle neun Fahrzeuge gleichzeitig, und einen Augenblick später waren sie alle, auch der Doppeldecker verschwunden.

„Gut", sagte Sally, „jetzt ist es soweit."

Wir standen fünfzig Meter von der Klippe entfernt und sie hob die Arme. Sie grinste mich an.

„Weißt du, Michael, es sind nicht nur Hexen, die zaubern können; und für seine Freunde ist der Drache immer gern da."

Sie schloß die Augen. Sie holte tief Luft, und als sie wieder ausatmete, kam Nebel aus ihrem Mund. Nebel, der über den Boden kroch und die Klippen verdeckte.

„Wow!" staunte ich, als sie fertig war.

„Und als nächstes spuckst du ganz bestimmt Feuer."

„Nein", lachte sie. „Als nächstes werde ich rennen. Ja, ich renn um mein Leben! Und du solltest das auch!"

Da hörte ich sie. Sie tauchten hinter uns auf. In einer Reihe rasten die acht Fahrzeuge jetzt auf uns zu, und der Doppeldecker flog über ihnen. So schnell waren sie. Doch sie waren zu schnell. Sie konnten nicht anhalten. Ihre Gier war zu groß. Sie folgten uns Richtung Klippen. Sie verfolgten uns in den Nebel, sie verschwanden in ihm, sie wurden noch einmal unsichtbar, und dann, ich hörte bereits die Brandung des Meeres, sah ich den schwarzen R4.

Er fuhr direkt neben mir, und die Hexe, die in ihm saß, lachte so häßlich wie ihre Zähne.

„Klondeik! Jetzt hab ich dich, Klondeik!"

Und auf der anderen Seite erschien der Fiat 500. Die Hexe war über und über mit Jauche beschmiert. Sie zielte mit ihrem Messer auf Sally.

„Jetzt!" schrie ich und warf mich auf Sally.

Das Messer sirrte an uns vorbei. Es flog durch das Fenster des schwarzen R4 und bohrte sich in das Auge der Hexe.

„Ja!" schrie ich, und dann hörte ich, wie die Motoren der Fahrzeuge aufbrüllten. Sie verloren den Boden unter den Rädern. Die Indian sprang über einen Stein. Sie flog hoch in die Luft, sie touchierte den Doppeldecker, und dann stürzten alle neun Killer mit ihren Fahrzeugen ins Meer.

Doolin-Lothlorien

Am Morgen des 12. Juni 1993